编委会

主　编：唐小平　赵醒村

副主编：陈小兵　周　麟

编　委：曾锦标　杨绍滨　梁凯涛　丁惜洁

　　　　黄嘉荣　吴少妮　范丹宏　陈　苹

　　　　罗　璇

向光而行

广医教师成长录

唐小平　赵醒村　主编

暨南大学出版社
JINAN UNIVERSITY PRESS

中国·广州

图书在版编目（CIP）数据

向光而行：广医教师成长录 / 唐小平，赵醒村主编.

广州：暨南大学出版社，2024. 12. -- ISBN 978-7-5668-4032-5

Ⅰ．Ⅰ253

中国国家版本馆 CIP 数据核字第 202467FZ51 号

向光而行：广医教师成长录

XIANG GUANG ER XING: GUANGYI JIAOSHI CHENGZHANG LU

主 编：唐小平 赵醒村

出 版 人：阳 翼
统 筹：黄文科
责任编辑：曾鑫华 孙劭贤
责任校对：刘舜怡 黄亦秋
责任印制：周一丹 郑玉婷

出版发行：暨南大学出版社（511434）
电 话：总编室（8620）31105261
营销部（8620）37331682 37331689
传 真：（8620）31105289（办公室） 37331684（营销部）
网 址：http://www.jnupress.com
排 版：广州尚文数码科技有限公司
印 刷：广东信源文化科技有限公司
开 本：890mm × 1240mm 1/32
印 张：5.75
字 数：132 千
版 次：2024 年 12 月第 1 版
印 次：2024 年 12 月第 1 次
定 价：49.80 元

（暨大版图书如有印装质量问题，请与出版社总编室联系调换）

前　言

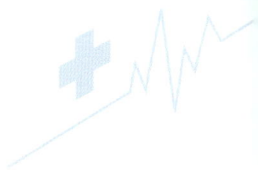

　　教育，是国之大计、党之大计，是民族振兴、社会进步的基石。而教师，则是这伟大事业中的中坚力量，他们担负着培育时代新人的重任，用自己的智慧和汗水，照亮学生们前行的道路。

　　习近平总书记在党的二十大报告中强调，"要坚持教育优先发展、科技自立自强、人才引领驱动，加快建设教育强国、科技强国、人才强国，坚持为党育人、为国育才"。广州医科大学深入学习贯彻党的二十大精神，坚定不移贯彻党的教育方针，落实立德树人根本任务，以"学科强校、人才兴校、特色引领、创新驱动"的发展战略，引领学校的改革与发展，实现了从"广州医学院"更名为"广州医科大学"，到入选广东省高水平大学重点学科建设高校，再到跻身国家"双一流"建设高校行列的历史性跨越，每一步都标志着学校在新时代的华丽蜕变，每一步都在加速构建学校新的发展格局。

　　在与广州医科大学同向同行的征途中，涌现出许许多多身影，他们或在课堂上躬耕授业，或在实验室里刻苦钻研，或在病房间穿梭忙碌……他们都在用自己的方式追逐着心中那束耀眼的光。这束光，或许是答疑解惑的指针，或许是启迪心灵的灯塔，或许是科研创新的巅峰，又或许是救死扶伤的信仰。他们当中，有一线教师，有科研人员，有学生工作者，还有临床医生，他们将热情、智慧和青春奉献给了广医这片沃土，在默默耕耘中为广医的发展注入了源源不断的动力。他们以传道授业解惑为己任，引导学生"系好扣子"，成为拔尖创新人才；他们在专业领域深耕细作，将心中的"异想天开"转化为一系列科研成就；他们坚守治病救人的初心，用医术和温情守护着无数生命和家庭的平安；他们乘风破浪、追逐一流，诠释了勇于担当的家国情怀、实事求是的科学精神、追求卓越的人生态度，用实际行动践行以广医人精神、南山精神为核心的广医大学精神。他们既是"追光者"，同时也是一道光，照亮了身边的医教研团队和青年学生。

触摸学校脉搏，感知时代变迁。《向光而行——广医教师成长录》讲述了二十位普通广医人的成长历程，在勾勒出广医与日俱进的发展轨迹的同时，也彰显了他们坚守初心、砥砺前行的精神风貌。他们的成长足迹是众多广医"追光者"的缩影，这些光影故事共同织就了新时代广医人的群像，传递出广医的正能量和好形象，承载着大家对广医未来的期望和憧憬。

最后，衷心感谢所有为本书付出辛勤劳动的受访者、采访者和编辑校对们，是你们的参与、努力和奉献，让我们有了这样一部充满力量与温情的作品。我们期待每一位读者在翻开这本书时，都能从中汲取到前进的力量，找到自己的未来之路，心有笃定，向光而行。

编　者

2024 年 4 月

目 录

从"乘客"到"驾驶员"
是一种怎样的体验

受访者：关伟杰

采访者（执笔人）：梁凯涛

采访时间：2022 年 11 月

关伟杰教授

　　关伟杰，出生于 1984 年，中共党员，现担任广州医科大学研究员、博士生导师，广州呼吸健康研究院院长助理。2022 年，他成为国家优秀青年科学基金获得者。

　　在求学阶段，关伟杰是广医的"乘客"，从本科到博士一路通关；在开启职业生涯后，他入职广州医学院第一附属医院（2013 年更名为"广州医科大学附属第一医院",以下简称"广医一院"),成长为优秀的"驾驶员"之一,推动"广医号"朝着"双一流"的目标不断加速前进。

我是关伟杰,一名"老广"和"老广医"。在 2003 年,我看到医务人员抗击"非典"的故事,深深地被这种无私奉献的精神所感动。原本计划从事化学或天文研究的我,将本科志愿改为了临床医学,自此与广医结下不解之缘。

见证"广医号"的加速

2003 年,我入读广州医学院(2013 年更名为"广州医科大学"),2008—2014 年,我在广州呼吸疾病研究所(2017 年更名为"广州呼吸健康研究院")攻读硕士、博士学位,先后师从郑劲平教授、钟南山院士;毕业后,我入职广医一院,聚焦在慢性气道炎症性疾病的诊疗和研究上。我一直在广医成长,并见证"广医号"加速前进。

新时代十年,党和国家事业取得历史性成就、发生历史性变革;新时代十年,在党和政府的领导与支持下,广医实现了跨越式发展。

我印象最深的是学校入选"双一流"建设高校行列,这是广医"咬定青山不放松",长期坚持内涵式发展的结果。此外还有启用番禺新校区、创建南山班、获批"全国高校黄大年式教师团队"、通过专项科研培育计划等多种举措提升青年教师的科研能力……学校在平台建设、人才培养、学科建设等多方面取得了飞跃式成果。

从快车的"乘客"到优秀的"驾驶员"

开启职业生涯以后，我发生了两个重大转变。

第一是角色身份转变。从学生到教师、医师和研究者，这是质的转变。在兴奋之余，我更加深刻感受到，广医国家级平台提供的支持，使我对理想的追求能够得到最大程度的实现。

第二是主攻方向转变。我的主攻方向从支气管哮喘发病的探索，转到支气管扩张症（简称"支扩"）的研究。

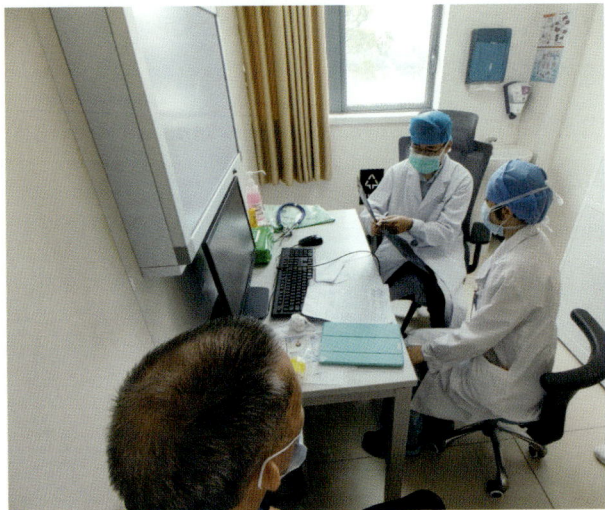

关伟杰教授（中）在"支扩"专病门诊中
与课题组成员交流患者的诊疗计划

在 2012 年，做"支扩"研究相当于在呼吸科"吃螃蟹"。在钟南山院士的鼓励下，我决定从零开始探索，克服了场地、人员、知识面因素等困难，对"支扩"的发病机制、临床表现和预后进行了系统评价。

在这两个转变的过程中，学校为我提供了全方位的支持。比如，学校制订了优秀青年科研人员的培育计划，在科研经费、研究生名额等方面提供有力保障；广医一院、广州呼吸健康研究院的一系列国家级平台为个人的快速成长奠定了坚实基础。

作为呼吸疾病防控创新团队的一员，我很荣幸参与到多个高质量的研究中，相关工作成为广医快速发展的众多闪光点之一。

我探索了细菌与病毒感染对"支扩"的预后影响，多项研究发现被写入国际诊疗指南及我国的专家诊疗共识；率先发现了妥布霉素雾化吸入溶液对治疗伴有铜绿假单胞菌感染的"支扩"症患者的有效性，研究发现成为药物获得国家药监局正式批准上市的重要依据。

在钟南山院士、何建行教授的指导下，我开展了新冠肺炎的系列临床研究，率先总结出我国新冠肺炎患者的临床特征，找到了快速判断疾病预后的临床指标，研究发现被写入世界卫生组织新冠肺炎诊疗指南。

上述多项成果是团队的重要工作基础之一，成为广医荣获国家科技进步奖一等奖等各级奖项的有力支撑。

做出"顶天立地为人民"的应用成果

党的二十大报告提出，"推进健康中国建设……促进优质医疗资源扩容和区域均衡布局，坚持预防为主，加强重大慢性病健康管理，提高基层防病治病和健康管理能力"。

我国呼吸病（特别是慢性气道疾病）的诊疗负担很重，临床很多常见的问题迫切需要解答。例如，"支扩"症患者气道反复感染的机制是什么？病原体与宿主的相互作用如何影响临床预后？能否找到抗生素以外的治疗手段来有效遏制"支扩"症的炎症并改善预后？

对此，我将认真学习贯彻党的二十大精神，聚焦重大慢性气道疾病早期防治的战略目标，致力于探索慢性气道疾病发病的新机制，明确影响病程的预后因素，务求找到价廉、简便、有效且适合推广的治疗干预手段。

关伟杰教授在"支扩联盟"沟通会上发言

此外，在钟南山院士的指导下，我开始关注我国呼吸病学发展的大方向——如何针对整体人群实施慢阻肺的早期防治？我要主动承担更多职责，回答临床上重大、迫切的问题，实现临床发现的应用转化，为我国呼吸健康事业的发展贡献力量。

党的二十大报告还提出，"坚持为党育人、为国育才，全面提高人才自主培养质量"。作为广医教师，我将积极投身于培养新一代青年呼吸病学骨干的工作中，着力打造有水平、有作为的青年学术团队。

地道广医人讲好中国医学好故事

从 19 年前踏入广医开始到现在，我是一名地道的广医人。"承认落后，不甘落后，卧薪尝胆，告别落后"，这是广医人多年来不懈努力的真实写照，我时刻以广医人的身份而感到自豪。

2022 年，有赖于学校和医院的信任，我走上了广州呼吸健康研究院院长助理的岗位，同时，我还在国内外担任了多个学术职务。除了做好研究工作，我将通过这些平台，提升广医和广州呼吸健康研究院的学术影响力，继续为学校"双一流"建设和健康中国建设贡献力量，向国外讲述更多来自中国呼吸病学的好故事。

因此，广医人的身份对我来说，更多是一种实干的责任感，以及守护人民生命健康的荣誉感。在广医人精神、南山精神的指引下，我将做好"驾驶员"，助力"广医号"列车开得更快、驶得更远。

期待共创更多 0 到 1

受访者：龙捷

采访者（执笔人）：丁惜洁

采访时间：2022 年 11 月

~ 龙捷副教授 ~

　　20 年前，龙捷来到广州医科大学（时为广州医学院），深入一线教学，不断拓宽视野，为开辟新道路积累经验；20 年后，她成为广医基础医学专业课程的负责人，并和团队成员一路相伴，在人才培养和科研攻关两个方向上继续展开新的探索。

　　我是龙捷，2002 年加入广医，至今已有 20 年了。当时的广医校园面积不大，但人文环境很好，老师非常热情、敬业，教学水平优良，对待学生全心全意，这让我挺感动的。

拓宽赛道：南山班、病理学教研室

回顾过去十年，我对广医令人瞩目的发展片段印象深刻。2014年，广医整体进入一本招生，番禺校区投入使用；2015年，广医进入广东省高水平大学建设行列；2020年，番禺校区二期工程奠基，国家呼吸医学中心正式挂牌。特别是新冠疫情发生以来广医全链条投身抗疫工作，以及2022年进入"双一流"建设，让所有的广医人热血沸腾，充满了自豪和骄傲。

在十年发展历程中，学校重视师资力量培养，对青年教师的个人成长给予了大力支持。在此期间，我获得继续深造和公派出国学习的机会，这些经历为我的自身发展和之后的学生培养都提供了宝贵经验。

2014—2015年，龙捷副教授在美国
MD Anderson Cancer Center 做访问学者

回国后，我发现教学已经发生了翻天覆地的变化，南山班开始器官系统教学了，各学科也逐步运用 PBL（问题驱动型学习）、CBL（案例驱动型学习）、TBL（团队驱动型学习）方法了，这些都是新名词。为及时更新教学理念，提升教学水平，学校组织教师们去香港大学、台湾中山医学大学交流学习，举办大量讲座介绍各种教学方法。后续我也参加了南山班的全英文遴选面试，感觉我们的师资力量和生源水平都有了前所未有的提高。

2020 年 3 月，龙捷副教授参加新冠疫情期间南山班视频面试

我所在的是基础医学院病理学教研室，病理学除基础医学教育外，还跟临床结合得比较紧密。教学方面，我们教研室积极推进 CBL 教学和线上线下混合式教学，累计获省市各级教学

课题 12 项，发表教学论文 20 余篇，主编参编教材 4 部，2022 年"病理学"被评为广东省本科高校线上线下混合式一流本科课程。科研方面，我们教研室共计获批省级以上科研项目 20 项，发表 SCI 论文 50 余篇。团队成员在教学、科研工作中不断努力，积极进取，为临床医学认证、本科教学评估、学科评估、新专业建立等学校各项工作提供有力的支撑。

找寻特色："5+5 本硕博一体化贯通"

紧跟学校飞速发展的步伐，我们将目光转向专业建设，开始了新的尝试与挑战。

然而，虽然从事一线教学多年，我们对于招生、专业建设仍缺乏经验。基础医学这一新专业创办之初，我们就在琢磨怎么确立专业特色、怎样切实培养学生的能力。

作为教学负责人，我全程参与了项目申报、培养方案制订和招生工作，一些多年参与教学且经验丰富的教师也全程参与到学生培养中。在学校、学院领导的带领下，我们天天开小会，从申报开始，不断讨论、多方论证，最后终于制订出培养方案，也逐步确立了我们"5+5 本硕博一体化贯通"的教学模式。

为保证教学模式得以实施，我们打通了很多中间环节，比如实行本硕一体化课程学分认定，以给学生提供更充裕的时间做研究；采取一对一导师制，对接广医最优秀的科研工作者及国家实验室等一流的科研平台；提供相应的奖助学金、自主科研创新研究经费及境外学习的机会等。

2022 年，龙捷副教授参加广州医科大学基础医学专业招生宣传

目前，我们已经完成首届招生，并顺利开展了第一学期的教学。我们希望利用更好的学习资源，培养综合素质高，具有扎实的现代生命科学和医学理论基础、较强的创新精神和实践能力，未来能在高等医学教育领域或医学前沿核心领域做出贡献的医学教育家或科学家，真正贯彻党的二十大精神，将"全面提高人才自主培养质量，着力造就拔尖创新人才"落到实处。希望我们培养的学生能坚定理想信念，在医学教育、医学科研这条路上走得更远。

奔赴未来:"大健康"背景下的医学教育

龙捷副教授在病理学实验课上（线上线下混合式教学）

党的二十大报告指出,"我们要坚持教育优先发展、科技自立自强、人才引领驱动"。作为广医人,面临着新时代的新任务,我们也期待将广医建设得更为强大。广医临床医学刚刚进入全球前 1‰,另有 9 个学科进入 ESI(Essential Science Indicators)全球排名前 1%。作为新一批"双一流"建设高校,我们应该率先把党的二十大精神融入具体的教学和科研工作中去。

第一,应确立"生物—心理—社会—环境医学"的教育模式,注重人文教育,综合利用学校多学科教育资源为医学教育服务。第二，从传统的医学教育向"大健康"背景下的医学教育转型，注重多学科交叉，大数据、AI 等应用。第三，注重基础医学教育，指导临床诊治。第四，加强科研的力量，做到源于临床，应用于临床：一是从临床工作中发现现有的问题；二是将科研成果转化为临床诊治的新方法和新手段；三是将科研成果转化为教学内容。

在与广医同行的旅途中，我始终以广医为骄傲。

广医人朴实的品质令人感受深刻，老一辈广医人兢兢业业的态度很值得我们推崇。入校时，张雅洁教授是我的领导，后来更是我的博士生导师，她治学严谨、处事公正的作风深深地影响了我。我和我的同事们从二三十岁起，互相支撑着彼此，走到如今年近半百的年纪，一同度过了美好的青春岁月。

未来，我还将与广医携手共进，让我们一起创造更多 0 到 1，探索无限可能，见证彼此的下一个 20 年。

早起疾行跑出自己的路

受访者：梁文华

采访者（执笔人）：梁凯涛

采访时间：2022 年 11 月

～ 梁文华教授 ～

梁文华，现任广州医科大学教授、博士生导师、副主任医师、广医一院胸部肿瘤综合诊疗病区主任、广州呼吸健康研究院院长助理。他的履历相当亮眼：

国内首位集齐四大国际肺癌学术会议（ASCO、WCLC、ESMO、ELCC）优秀研究奖项的学者；

阿里达摩院青橙奖史上的首位获奖医学学者；

广医首批国家优秀青年基金获得者之一；

入选 2022 全球学者学术影响力排行榜；

…………

在培养过程相对漫长的医学领域，出生于 1987 年的他，已取得了众多有影响力的开创性成果，他说："广医给予我广阔的舞台，让我有机会早起步，在钟南山院士、何建行教授指导下，我要坚持在早防早诊早治上发力，不断开创和超越，继续发挥我们在肺癌诊疗领域的引领作用。"

我是梁文华，现就职于广医一院。2012 年，在机缘巧合之下，我和广医一院的肺癌研究团队有了接触，深受团队的启发；2014 年毕业后，我坚决选择加入广医，发展方向也迎来了重大转变，这是我至关重要的一次选择。

心中的"异想天开"终成手上的"加速度"

10 年来，广医取得了令人瞩目的跨越式发展，入选"双一流"建设高校行列，获批国家医学中心、国家临床医学研究中心……每一个平台的创立和壮大，都是学术带头人及团队含辛茹苦、精益求精的结果。

"一定要异想天开！想人所不曾想，做人所不敢做！"国家呼吸医学中心主任、广州呼吸健康研究院院长何建行教授经常鼓励我们，抓住最核心、最本质的问题，跳出固有认知的界限，努力创造出更崭新、更先进的技术手段。

这么做免不了受到质疑，何教授开展"自主呼吸麻醉下微创胸外科手术"之初哗声一片，有同行表示过怀疑。但他还是顶住了压力，带领团队成功运用此种手术，使患者能快速康复、术后当天出院。

何教授的确是这样"开脑洞"的：为了使胸外科手术减少损伤，他率先开展了微创手术缩小切口；为了减轻术后疼痛，他又开展免留置胸管、尿管的无管手术；甚至为了帮患者保留更多营养，他创造性地回收被认为是"垃圾"的术后胸腔积液。

何建行教授（中）与团队成员一起讨论病例

2019年，何建行教授领衔的"肺癌微创治疗体系及关键技术的研究与推广"项目荣获国家科学技术进步奖二等奖。2021年，广医"钟南山呼吸疾病防控创新团队"获2020年度国家科技进步奖创新团队奖。

心中的"异想天开"，终成手上的"加速度"，正是勇于追求极致，打破思维局限，才带来了很高的临床水准和领先的专业地位。这是广医近10年快速发展的一个生动写照。

"钟南山呼吸疾病防控创新团队"荣获
2020年度国家科技进步奖创新团队奖

虽是晚辈，但要行早

起初，我主要研究和治疗的是肺癌晚期患者；后来，我加入何建行教授团队，主攻早期肺癌筛查和干预。这一科研方向的转变，还要从第一次见到钟南山院士说起。

第一次见到钟院士时，我介绍自己是肿瘤科的大夫（治疗晚期患者比较多），钟院士语重心长地说："你应该要研究早期肺癌！重点放在早期阻断，才能大幅提升预后。"

当时的我是懵懂的，经过实际工作体会，逐渐领悟到钟院士团队的慢阻肺早期干预项目的深意，于是，我深刻理解到"早"的重要性和必要性。

后来，在钟院士、何教授的带领下，我走上了新的研究道路。

抓住这个"早"字，"异想天开"的我作为负责人完成了广州市越秀区的肺癌早筛项目，找到了符合中国国情的筛查新策略，实现了目前为止国际上筛查项目最大的生存改善，并开发了国际首个早期肺癌血浆高通量甲基化诊断工具。

同时，围绕着肺癌的诊疗策略，我开展了一系列精细化的研究，寻找各种细分人群的特征，有的放矢地给予治疗，比如通过血液检查，锁定真正需要手术的恶性结节，避免良性结节的过度治疗；开发新的方法探测和定位隐匿性淋巴结及其远处转移，避免淋巴结的过度清扫和不必要的术后化疗；根据药物的特点制订优化方案，保证不减效的同时，最大限度减少晚期患者的化疗等；从肿瘤的本质出发，开拓了用药物去治疗常规认为只能进行手术的早期肺癌病例的新模式。

不做跟跑者，跑出自己的路

党的二十大报告指出，"必须坚持科技是第一生产力、人才是第一资源、创新是第一动力，深入实施科教兴国战略、人才强国战略、创新驱动发展战略，开辟发展新领域新赛道，不断塑造发展新动能新优势"。

打破既定条条框框的局限，走医学科学的中国式现代化的道路，是我们作为临床医师和医学学者的使命。为此，我们不能满足于跟跑，要根据临床的需求，跑出自己的道路！

过去的 10 年，我们完成了一系列另辟蹊径的临床研究工作，启发并推动了医生同行开展基于真实临床表型的科学研究；接下来的 10 年，我们将继续潜心研究早期肺癌防治，从临床需求发现科学问题，努力钻研从无到有的医疗技术，务求提高我国肺癌患者的整体生存率，为我国建设医疗科技强国贡献力量。

梁文华教授在欧洲肿瘤学会（ESMO）年会全体大会上汇报

　　同时，作为一名广医教师，我将一如既往地用心投入临床教学，助力学校人才培养质量的提升。在钟院士的推动下，南山班采用的器官系统课程整合教学模式，使同学们更早地对医学知识有了全面的掌握，减少了与导师之间的沟通障碍。在这种条件下，结合自身快速成长的经验，我们如鱼得水地带出了一批在本科阶段就已有能力做出高水平成果的学生。在教学过程中，广医学子积极的学习态度深深地打动了我，我将继续传道授业解惑，培养拔尖医学人才。

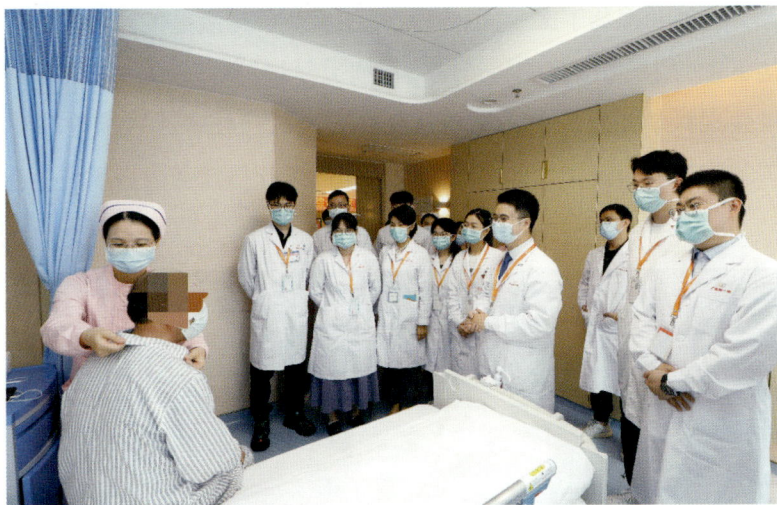

梁文华教授（右四）指导学生查房

坐热"冷板凳" 按下"快进键"

受访者：范阳东

采访者（执笔人）：黄嘉荣

采访时间：2022 年 12 月

~ 范阳东教授 ~

范阳东，中共党员、经济学博士，现任广州医科大学卫生管理学院副院长、教授、博士生导师，2021 年获评"南粤优秀教师"。

兼任中国社会保障学会理事及医疗保障专业委员会副秘书长、广东省卫生经济学会理事等，特聘广东省卫生经济研究院首批研究员、广州市人民政府第五届决策咨询专家。

依托学校医学背景优势，范阳东教授团队深耕卫生经济、卫生政策和医疗保障领域多年，产出了一批高质量成果，为国家、省、市制定相关政策提供了重要参考。他说："做人文社科研究需要阅读大量文献，研究周期也相对漫长，要求研究者必须专注、自律，坐得住'冷板凳'，耐得住寂寞。"

我是范阳东，在广医工作了 19 年。我曾在袁隆平院士所在的湖南省农业科学院工作过一段时间，后来我来到广医，又有幸与钟南山院士当同事。与两位"共和国勋章"获得者共事的经历，不仅让我感到非常自豪，也更坚定了我以他们为榜样，用高质量科研成果服务社会发展的决心。

"0 → 1 → N"稳步前进

2003 年，抱着投身高等教育事业的初衷，我来到了广医，成为学校的第一位经济学老师。当时广医的规模很小，条件也一般，但是氛围很好，师生之间关系融洽，宛如一个大家庭，大家互相扶持、共同进步。

进入新时代十年，广医的发展仿佛按下了"快进键"，取得了一系列令人瞩目的成就。其中有两件事让我印象最深刻，一是学校在 2013 年更名为"广州医科大学"；二是学校在 2022 年 2 月入选"双一流"建设高校行列。这离不开"艰苦创业、脚踏实地、开拓进取"的广医人精神的鼓舞。

范阳东教授与 2004 级公共事业管理专业本科生调研
天河区林和街社区卫生服务中心

相较于学校此前设立的临床学院，卫生管理学院虽然起步较晚，但也乘着学校快速发展的东风不断壮大，前进的脚步踏实且稳健。我刚来广医时，学院的市级立项、省级立项课题都是凤毛麟角。近十年来，学院科研水平取得较大进步，我们获得了国家自然科学基金、国家社会科学基金立项，获得的市级立项、省级立项更是不断增多，科研立项数目从"0"到"1"再到"N"，学院发展稳步向前。

范阳东教授在卫生管理学院 2022 年学位授予仪式上发言

2019 年，我成为卫生管理学院的副院长，主管教学工作。随后，在学校的大力支持和学院师生们的共同努力下，应用心理学、公共事业管理专业入选国家级一流本科专业建设点，法学专业入选省级一流本科专业建设点，全院实现了"双万计划"一流本科专业全覆盖。

坐热人文社科研究"冷板凳"

从攻读学士到博士期间，我的老师们都一直在强调："做人文社科研究一定要学会坐'冷板凳'。"人文社科研究具有"慢"和"冷"的特点，需要学者潜心做学问，经得住"冷板凳"的考验。

2015 年，从卫生管理学院专业和学科建设出发，为了更好地发挥医科院校自身资源优势，我的研究方向从原来的企业环境管理转向了卫生经济、卫生政策和医疗保障。

转型的过程很艰难，一方面，我虚心积极地向前辈们学习；另一方面，我主动开展实践调研，与各级行政部门和业务部门展开交流。在时任卫生管理学院院长刘俊荣教授的带领下，我参与了广州市人社局关于长期护理保险制度试点工作前期论证的课题项目。2017年，《广州市长期护理保险试行办法》印发并正式启动实施，其中，我们的研究成果为试点工作的覆盖人群、待遇支付对象和支付方式的确定提供了重要参考。

范阳东教授（左四）组织师生到广州市海珠区松鹤养老院开展课题调研

　　最近五年，我们团队主要参与了国家社会科学基金重大项目"预防为主的大健康格局与健康中国建设研究"。从准备选题到提交开题报告，中间花费了近半年时间，查阅了大量文献资料，仅文献综述就写了2万余字，最终我们团队获得了该项目的立项。目前，该课题仍然是我们团队的主要任务之一。

2021年，范阳东教授（右三）与中国人民大学郑功成教授（左四）、中山大学申曙光教授（左二）调研珠海市医保局

用广医智慧助力"健康中国"建设

　　党的二十大报告在阐述"健全社会保障体系"时提出："健全覆盖全民、统筹城乡、公平统一、安全规范、可持续的多层次社会保障体系。"在医疗保险方面，报告具体指出："促进多层次医疗保障有序衔接，完善大病保险和医疗救助制度，落实

异地就医结算，建立长期护理保险制度，积极发展商业医疗保险。"

近年来，我国医保制度在破解"看病难""看病贵"的问题上取得了突破性进展，但与人民群众日益增长的美好生活需要相比，医保发展不平衡不充分问题依然凸显。如何保障医保公平性和医保基金长期稳定健康运行？这是我们团队一直关注的问题，我们也一直在进行相关研究工作。

我们接受了国家、省、市医保局的委托，深入参与到基本医保省级统筹方案前期论证、省级调剂医保基金管理机制、医保待遇清单落实方案等一系列研究工作中，多次参与国家、省、市医保部门的相关政策论证与咨询，形成的决策咨询报告获省、市领导批示。

未来，我们将聚焦基本医保省级统筹方案的落地实施以及当前医保支付方式改革等方面，产出更多高质量研究成果，助力破解医保发展不平衡不充分问题，推动医疗保障制度改革不断深化，为"健康中国"建设贡献广医智慧。

2020年，范阳东教授在广东省人民代表大会社会建设委员会举办的"关于医疗保障制度改革与发展"专题学习会上做辅导讲座

作为一名广医教师，我一直把教学工作放在首位，坚持为党育人、为国育才。个人的力量是渺小的，我希望能培养出更多人才加入我们的行列。为此，一直以来我都与我的学生们保持紧密联系，有些同学即使在其他高校读研，也会把他们的科研论文发给我，询问我的修改意见，这让我非常感动。

范阳东教授（右二）继续担任广东省本科高校经济学类专业
教学指导委员会第二届委员（2019—2023）

广医人的身份既是荣誉也是责任

广医人的身份对我来说首先是一份荣誉。现在我走出去的机会更多了，每次我到各种会议和论坛上做报告的时候，都会很自豪地进行自我介绍："我来自广州医科大学。"亲历亲见学校新时代十年跨越式发展，社会声誉不断提升，我与有荣焉、底气厚实。

2022年，第五届医疗保障论坛在北京召开，范阳东教授在会上做主题演讲

    与此同时，广医人的身份对我来说也是一份责任。当走出广医，"广医人"是我们共同的标签。未来，我将继续以钟南山院士等优秀广医人为榜样，继续深耕专业领域，落实立德树人根本任务，以更高质量、更大贡献服务国家战略需求和经济社会发展，为广医人身份增光添彩。

为可爱的孩子们搭"梯子"

受访者：周毅

采访者（执笔人）：梁凯涛

采访时间：2022 年 12 月

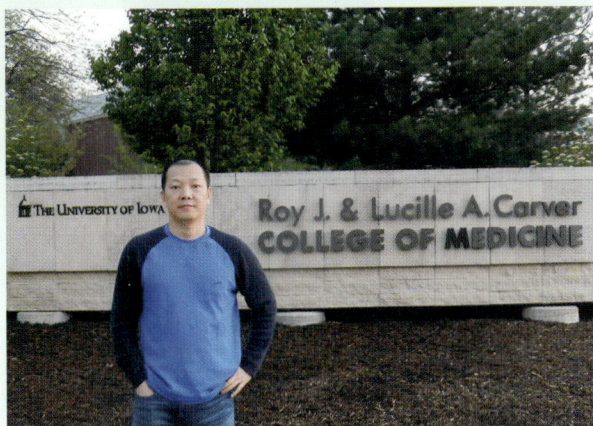

~ 周毅教授 ~

　　周毅，中共党员，教授，博士生导师，药剂学博士、留美博士后，获"南粤优秀教师"称号。曾任广州医科大学药学院党总支第三支部书记，现任药学院药剂学教研室主任、药学实验教学中心主任，兼任广东省药理学会药物代谢专业委员会副主任委员。

　　周毅教授长期从事基于肿瘤耐药及肿瘤微环境的新型药物制剂研发。新药研发是从无到有的过程，一如高等教育，将学生从"蒙昧"的入门状态，培育成堪当大任的创新人才。在这个过程中，周毅教授始终坚持为广医学子的进步搭"梯子"。

我是周毅，是一名药剂学教师和科技工作者。有幸在广医成为一名人民教师，让我遇到一群可爱的孩子，为他们搭建成长的"梯子"，一起进步和成才，为祖国医药卫生事业贡献力量。

学校和药学院共同腾飞的十年

我在 2007 年毕业后来到广医。虽然当时学校的面积很小，但是我内心很激动，因为这里就是自己将要为之奋斗的地方，我对未来充满憧憬。

新时代十年，是广医弯道超车的十年和药学院建院腾飞的十年。更名大学，全链条参与抗疫，在高水平大学建设、"双一流"建设的通道拾级而上，钟南山院士获颁"共和国勋章"等。十年间，学校取得了很多令人瞩目的成绩。

药学院在学校党委的指导下，在余细勇院长等院领导带领下，在短短的 6 年中也交出了亮眼的成绩单：学院获批国家药监局"胸腔疾病药物临床研究与评价重点实验室"；药学获批广东省优势重点学科、"冲一流"提升计划重点建设学科，药理学与毒理学学科进入 ESI 全球排名前 1%；药学专业通过教育部专业认证，药学、临床药学获批国家级一流本科专业建设点；培育出广东省珠江学者、南粤优秀教师、省杰出青年基金获得者（省杰青）和省优秀青年基金获得者（省优青）等优秀人才。

此外，药学院还成立了隶属于广东省分子靶标与临床药理学重点实验室和呼吸疾病国家重点实验室药理学组的四大科研平台，科研工作以表观遗传药物研发为核心，确立六大重点研究方向。首创国家级表观遗传药理学会——中国药理学会表观遗传药理学专业委员会。

这些成绩为推动药学院和学校的进一步发展提供了强大的动力。

带领广医学子"爬梯子"

药学院成立十周年庆典上，我获颁"突出贡献奖"，当时心情是无比激动，脑海里浮现起十多年来奋斗的点点滴滴。

当初的药学院起步不久，我是药学系第一任秘书。后来，我担任药剂学教研室主任，在学科和课程建设方面开启了从无到有、逐步发展的过程。

我们先后获得国家教改项目1项，教育部产学协同创新项目2项，省质量工程项目2项，省教改项目4项，建立了以制剂创新思维为导向的药剂学人才培养模式，搭建了药学虚拟仿真实验教学平台，该平台为广州医科大学药学院虚拟仿真实验教学中心获得"广东省虚拟仿真实验教学示范中心"称号提供了坚实的基础。

同时，团队获得数项国家自然科学基金项目，确立了以表观遗传胸腔疾病为靶标的药物递送以及新技术新方法的研究方向。

2019年，周毅教授获得广东省"众创杯"创业创新大赛铜奖

近年来，我们团队获得了广东省科技进步奖一等奖、广东省药理学会科技成果奖二等奖、广东省"众创杯"创业创新大赛铜奖、广东省高校科技成果转化路演大赛成长组一等奖等等。我也有幸于2018年获得"南粤优秀教师"称号。

我们坚持科研反哺教学，指导学生以研究成果参加省市相关大赛和学术会议，在"挑战杯"广东大学生课外学术科技作品竞赛、广东"众创杯"创业创新大赛、"青创杯"第八届广州青年创新创业大赛、第四届表观遗传国际论坛等都获得了奖项。

药学院药剂学教学团队

在广医，我遇到了一群可爱的孩子，与他们相互成就。

我的学生文华颖，学习成绩不错，还主动要求参加我的科研团队，跟着我做科研。大学生提早进实验室锻炼并不稀奇，然而早期能出成果却不是易事。

当时我布置了一个题目，经过一番指导后，文华颖和其他同学就开始做。当时她才大二，很多专业课还没有学，在理论和操作方面有所不足，因此她在起步时经常失败。

"这是一步一步'爬梯子'的过程，得慢慢来。"我总是告诉她和同学们要有耐心。面对科学未知数的探讨，即使是硕士生、博士生也会遇到挫折，本科生自然不必气馁。

惊喜的是她们几经努力，终于突破了两个技术关卡，不但获得了校级和省级的大学生科研项目，还在广东省"挑战杯"

上获奖了。

功夫不负有心人，成绩的背后意味着辛酸，也充满了坚持。同学们的努力奋斗，不正是"青春不虚度，奋斗正当时"的明证吗？

周毅教授（前排左三）科研团队

勉励学子驰骋于创新药的舞台

党的二十大报告提出："深入实施人才强国战略。培养造就大批德才兼备的高素质人才……把各方面优秀人才集聚到党和人民事业中来。"

作为党员教师，我在"三会一课"中带头学习，在集体备课和课堂教学时强化课程思政，融入党的二十大精神。比如，讲授药物的缓控释制剂时，我们提到国内有许多仿制药，如硝苯地平缓控释片、紫杉醇白蛋白注射液等，但真正的原始创新药物还是比较少。这说明我国创新药发展的空间巨大，是药学人面临的机遇与挑战。我们勉励药学学子驰骋于创新药的广阔舞台，立足于国情、致力于创新，为我国医药创新升级贡献力量。

2022年，周毅教授在广州医科大学第二届教师教学创新大赛决赛现场

作为药学实验教学中心主任，我将带领团队积极配合实验课程改革，通过虚拟仿真平台搭建、充实和提升，打造具有药学特色的创新平台。同时，我们也将为大学生科技创新提供更优质的平台，将优质资源持续投入到培养我们可爱的广医学子中。

广医人就是要一马当先

广医人的身份意味着光荣和责任。钟南山院士逆行武汉，广医团队在抗疫中一马当先、冲锋在前。

那么，我能为抗疫做什么呢？

2020 年疫情初起，我参加校本部第一批外派的"三人小组"工作队，深入天河区车陂街道，支援社区入户开展人员排查工作。社区流动人口较多，遇到不少人不理解不配合。虽然艰难，但我们一直坚持下去，为的是"人民至上、生命至上"。我的心里面，既有共产党员的使命与责任，也有作为广医人的自豪与担当。2020 年年底，在全校教师党支部书记素质能力大赛决赛上，我讲述了支援社区的经历，也许是故事很接地气，也许是我讲得很激昂，最后有幸获得二等奖。

周毅教授在广州医科大学教师党支部书记素质能力大赛中获得二等奖

在广医工作十多年，我完全融入了这里，以身为广医人而骄傲。

既然是一马当先，作为教师的我，愿首先冲到药学天地的前方，为广医可爱的孩子们搭好"梯子"，带领他们去更远的远方、攀更高的高峰。

搭建"校企医孵"协同育人平台

受访者：阳范文

采访者（执笔人）：丁惜洁

采访时间：2022 年 12 月

～ 阳范文教授 ～

　　阳范文，现任广州医科大学生物医学工程学院教授、博士生导师，兼任中国塑料加工协会技术专家、中国生物材料学会委员、中国生物材料学会骨修复材料与器械分会委员等。

　　十年前，阳范文从企业来到广医，闯入生物医学工程的新领域。十年间，他将自身的业界经验融入科研探索，取得丰硕的研究成果，同时，他还指导学生广泛参与课外科技活动，在创新创业的赛道上留下广医的脚印。

我是阳范文，和广医一路相伴已然十年。以前，我没想到自己会成为一名教师。但来到广医后，在师生共同成长的积极氛围里，我真正感受到了作为一名教师的光荣。

从一个专业到一个学院的内涵式进阶路

我是 2012 年加入广医的，当时主校区还是东风西路的老校区，那边校园面积比较小，教室和实验室都有一定的年份，设施比较陈旧，科研设备也不多。生物材料实验室在 10 号楼一间不到 20 平方米的房间中，我们只开设"生物医学材料学"一门选修课。

十年来，我们见证着广医取得飞跃式发展，生物医学工程专业建设也不断向前迈进。我印象最深刻的主要有两点：

一是教学和科研条件显著改善。主校区搬到番禺校区后，教学楼、实验室和学生宿舍焕然一新，面积也扩大了不少。我们有了 4 间生物材料实验室，共约 300 平方米，精密先进的实验设备也不断增加。

阳范文教授正在开展扫描电镜（SEM）观察材料微观结构的实验

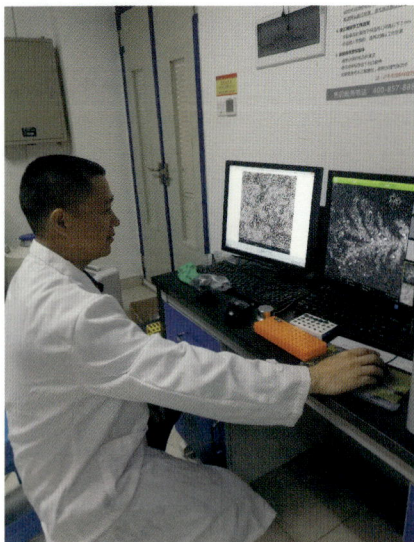

二是随着高水平大学建设和"双一流"建设的深入开展，专业发展持续突破。生物医学工程专业先是增设了生物材料方向，每年招收本科生 30 人左右，开设 20 多门专业课程。2020年，生物医学工程专业进入国家一流专业建设点，并获批一级学科硕士点，这意味着我们可以开始培养本专业的研究生了。2022 年 4 月，生物医学工程学院正式成立，在院长徐涛院士、执行院长梁兴杰教授带领下，生物医学工程专业开启了新的征程。

新型医疗器械研究助推产研融合、产教融合

我以前在企业从事汽车家电等领域的高分子材料改性与加工，来到广医后，学校为我们提供了与医院、医疗器械企业合作的机会，让我的研究方向转入生物医学材料和新型医疗器械。

10 年来，我主持了国家自然科学基金项目 1 项、省级科技重大专项项目 2 项、省产学研项目 1 项和企业委托横向项目 10 项，发表 SCI 论文 15 篇，申请专利 40 多项。参与研发的抑菌纸尿裤和婴幼儿沐浴用品、熔体电纺 3D 打印机分别在深圳、佛山企业投产。

阳范文教授参加 2018 深圳国际生物／生命健康产业展览会

近期，我们团队与广医一院开展载药气道支架产品合作研究，获得了医院、呼吸疾病国家重点实验室的大力支持，它们对我们临床使用药物的释放时间及优缺点、支架结构设计等提出了建设性的指导意见。

当前单一的气道支架与患者气道尺寸形状不匹配及其产生的刺激，易导致患者气道反复再狭窄。我们针对这一问题开发了基于 3D 数字化设计的新型气道支架的制备方法，根据患者的具体情况设计精准匹配的支架，达到最佳的支撑效果；在气道支架装载药物后，药物能在气道内缓慢释放，抑制气道肿瘤病变或炎症的发生，帮助患者更快更好地恢复气道健康。由于我们在该领域取得的良好进展，数个医疗科技公司委托广医开展金属气道支架的覆膜载药技术和个性化硅酮气道支架产品研发等科研项目。在为企业研发新产品和解决技术难题的过程中，我们将应用成果转化为个性化载药气道支架的制备与精准匹配，以及利用药物抑制毛细血管和肉芽组织增生两个科学问题，由此申请了 2022 年度国家自然科学基金项目，并获得了面上项目资助。

当前，我们团队还积极探索科教融合和产教融合的改革思路，推动最新科研成果向教学内容转化，先后有 4 个国家级和省级项目成果转化为生物医学工程专业的实验课程和全校的公共选修课，课程内容涵盖 3D 打印、纳米分子影像、电离辐射防护等技术，两门课程入选省级一流课程，并获得了多个教学成果奖项。

80% 的学生参与"大创"，2 项成果实现产业化

党的二十大报告强调要坚持"为党育人、为国育才，全面提高人才自主培养质量，着力造就拔尖创新人才"。

从 2012 年到广医起，我就非常重视学生的实践，最初在本科生中选拔了一位同学跟着我做大学生创新创业训练计划项目（以下简称"大创"），在首次尝试中我看到了学生对求知的渴望、对课外科技活动的兴趣和勇于挑战的决心。

2013 年起，我开始慢慢扩大规模，招收了数位学生在周末、寒暑假跟着我做科研，我至今还清楚地记得他们的名字。在师生共同学习的过程中，我真正感受到广医同学们脚踏实地的作风，不怕苦、不怕累。

我们的项目瞄准了关节炎、颈椎病和腰腿痛等现代人常见

的慢性疾病，采用熔融共混改性技术制备碳纳米管 3D 导电网络、低温可塑形的复合材料，开发了直流电源（电压不大于 6 伏）下可工作的热敷护膝、用于肩周等的医疗器械，这些产品在辅助治疗上述疾病中表现出良好的应用前景。

2017 年，通过我们的不断努力，团队拿到省级"大创"立项，次年拿到国家级立项，其中一位同学还因突出的科研表现被保研至中山大学生物医学工程专业继续深造。

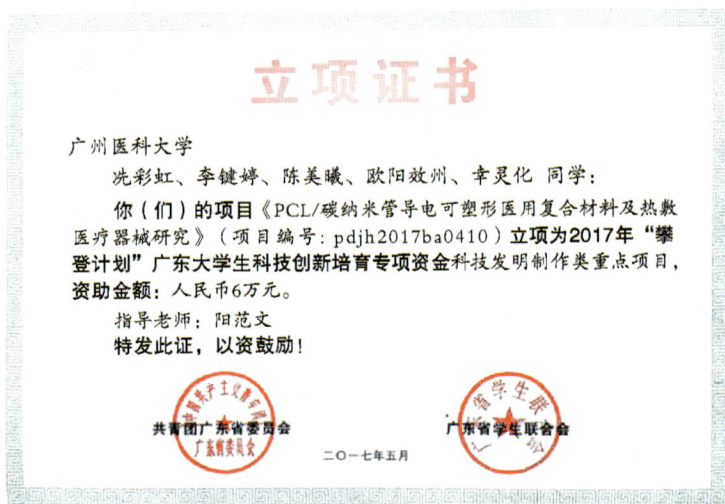

立 项 证 书

广州医科大学

冼彩虹、李键婷、陈美曦、欧阳效州、辛灵化 同学：

你（们）的项目《PCL/碳纳米管导电可塑形医用复合材料及热敷医疗器械研究》（项目编号：pdjh2017ba0410）立项为2017年"攀登计划"广东大学生科技创新培育专项资金科技发明制作类重点项目，资助金额：人民币6万元。

指导老师：阳范文

特发此证，以资鼓励！

共青团广东省委员会

广东省学生联合会

二〇一七年五月

阳范文教授指导的学生团队项目获奖

从开始尝试到取得初步成果，我认识到带好大学生的科研创新活动，培养他们的实践能力，能有效提高同学们的综合素质，并激发他们进一步学习的兴趣。因此，我觉得这方面的活动值得更多的教师一起参与。在我的带领下，目前广医生物医学工程专业几乎所有教师都参与了"大创"的指导，学生参与

"大创"的比例从当初的不到 10% 提升到今天的 80% 以上。这些课外创新活动带来的科研立项以及获奖的经历还有效提升了我们学生的竞争实力，数名同学因为"大创"获奖经历保研深造或进入国内外知名医疗器械企业工作。

阳范文教授带领学生参加第五届全国大学生
基础医学创新论坛暨实验设计大赛

除了将创新实践融入广医的专业人才培养过程，我们还承担了 2017 年度广州市高校创新创业重点项目和广东省高校创新创业项目，构建了面向广州地区高校的"校企医孵"协同育人平台，依托附属医院的平台，我们与多家医药科技及医疗器械公司合作，引入孵化器等优质社会资源，协同开展大学生创新创业活动。累计 500 多名校内外大学生、中学生加入，获得国家、省、市等各级学科竞赛奖励 100 余项。

在这个过程中，广医一院、广州呼研所医药科技有限公司与我们联合指导本科生参与的"大创"项目先后获得广东省第十五届"挑战杯"二等奖、第五届全国大学生生物医学工程创新设计竞赛三等奖。

截至目前，我们的学生获科研立项 40 多项、专利 30 多项、发表论文 40 多篇，金菟纸尿裤、沐浴用品及熔体电纺 3D 打印机两项成果实现了产业化，有关载药气道支架、PCL 导电可塑性材料等 4 件专利转让给企业。这些成绩有力地支撑了学校的高水平大学建设、国家一流专业申报、博士点和硕士点申请。

培养具备医工结合能力的新工科人才

此前虽有 10 多年的工作经历，但我对新的研究领域缺乏了解，教学经验也不足。陈晓明教授带我走进了生物医学工程这个新领域，为我从工业产品研发转型到医疗器械产品研究提供了很多指导；章喜明教授在教学改革实践和教学方法创新方面给予我无私的帮助。在广医工作的 10 年时光里，我非常感谢这两位老师。

作为一名广医人，我要将党的二十大精神贯彻在广医"双一流"建设进程中，继续发扬广医人精神、南山精神，以时不我待、只争朝夕的态度迎接挑战，敢于创新、勇于拼搏，扎扎实实做好教学和科研两方面工作。

在教学方面，我们要努力提高教学水平，把每一堂课打造成学生喜爱的金课，进一步推进"校企医孵"协同育人和"以产品研发为导向"的课程模块建设探索与改革实践，为国家培养具备医工结合能力、具有创新精神和创业意识的卓越新工科人才。

在科研方面，我们生物医学工程团队瞄准学科前沿，聚焦国家重大需求和"卡脖子"难题，努力解决临床和产业需求，继续推进生物医学材料、康复器械、医学影像与信息三个方向的研究，通过不断提升生物医学材料的应用效果，将更多的科研成果转化为生产力，推进高端医疗器械的国产取代进口，降低医疗成本，造福国民，为健康中国的建设贡献力量。

一分耕耘，一分收获；在广医这个美丽的大学校园，希望同学们努力挥洒青春的汗水，播下希望的种子，收获丰硕的成果，为自己的人生发展增色，为广医的"双一流"建设添彩！

为儿童青少年的健康成长撑起保护伞

受访者：唐杰

采访者（执笔人）：丁惜洁

采访时间：2023年1月

～ 唐杰教授 ～

唐杰，广州医科大学公共卫生学院教授、博士生导师，英国胡弗汉顿大学博士生导师，欧盟"玛丽·居里学者"，广州市青年后备人才，中华预防医学会少儿卫生分会第五届、第六届委员，广州市医师协会全科与基层医师分会副主任委员，吴阶平医学基金会全科医学部第二届青年委员，《中国学校卫生》杂志第九届编委，*World Journal of Pediatrics* 青年编委，*BMJ*、*JAMA Network Open*、*AJOG* 等 10 余个国际期刊的审稿专家。

唐杰教授致力于儿童异常心理行为和妇幼保健相关研究。主持国家自然科学基金项目3项、省自然科学基金项目1项，欧盟地平线计划"玛丽·居里学者"项目1项，发表相关SCI论文50余篇，他引次数超过1 300次。

我是唐杰，主要从事妇幼人群健康相关的流行病学研究，我的研究主要采用传统的流行病学研究方法来描述健康分布、探索健康影响因素和提出健康干预策略，随着学科的发展，我也在研究中引入一些学科交叉的内容，以提升研究的创新性。

当前，妇幼健康工作正在从保障妇女儿童健康生存向促进妇女儿童全面发展转变，其工作理念之一就是"预防为主，防治结合"。我们的研究重点关注青少年自伤和自杀等心理行为问题。为更全面地了解青少年自杀的心理和行为，我们联合了国内多所高校建立了青少年行为监测系统，定期（每一两年一次）对我国儿童青少年的心理行为进行评估，并在我国湖南、广东建立了固定人群队列，以观察青少年心理行为的发展轨迹。目前，我们的探索仍在继续。

资源汇聚推动妇幼保健的交叉学科研究

我于2012年加入广医，10年来，我见证了广医的许多成长片段。

主校区搬迁到番禺校区，办公条件和科研条件比之前优化了很多。2015年开启高水平大学建设，科研的软件硬件得到了更新，管理和使用比以前更加规范；学院引进了一批高层次人才，充实了人才队伍和实力。2022 年，广医入选"双一流"建设高校行列，我们很受鼓舞。

在与广医共同成长的 10 年中，对我来说有两件很重要的事。一是 2018—2020 年，学校为我提供前往国外进修的机会，全力支持青年教师出国深造，与此同时，我也获得了一项欧盟项目的资助。这些经历不仅大大地开阔了我的视野，也全面地提升了我的科学素养。二是学院为妇幼保健学科提供了研究平台，与其他专业相结合，搭建了环境与妇幼实验室，为学科交叉融合提供了资源，这也为我个人由原来的传统的流行病学转向交叉学科研究提供了条件。

唐杰教授在实验室留影

建立全国首个自伤行为评价标准 收获联合国证书

临床上，疾病出现以后才有治疗手段，但疾病出现前也应有预防的策略和手段。预防医学的总体思路就是在发病前进行控制，降低发病率。这些预防策略和手段包括政策类的、理论性的内容，也包括检测，比如一些生活行为方式的干预等。

党的二十大报告中提到，推进健康中国建设要"坚持预防为主"。预防是一个最佳的健康策略。

妇幼研究对于中华民族延续和发展具有重要意义。其中涉及遗传、政策、环境、行为等多个角度，我们的研究就是从各个维度去了解哪些因素会影响到疾病的发生和发展，并尽量用一些比较简单、警示性的事件来预测人群或个体中的风险，通过早期的识别发现，及时干预，降低疾病发生或发展的概率。

唐杰教授（右一）参加在芬兰举办的第二届欧洲流行病与公共卫生会议

近年来，我们一直致力于儿童异常心理行为和神经发育障碍疾病病因和人群防控研究。

以儿童自伤和自杀行为的研究为例。有关自伤行为的发现和评价是很困难的，首先要看一个人有没有自伤，有些伤是比较隐蔽的，有些是比较明显的；有些次数比较多，有些比较少；有些是有意的，有些是无意的。

2013 年发布的《精神障碍诊断与统计手册（第五版）》中将自伤行为归类为一种独立的、需要进一步研究的精神疾病症状，并形成了推荐的诊断标准。为了验证这个标准的有效性，我们开始在全国的 5 个省份中选择了 1 万多名儿童青少年进行调查研究。这项研究主要包括两部分内容：一是通过问卷和观察法去判断是否有伤，并结合《精神障碍诊断与统计手册》里提供的标准，看它的标准是否与实际相吻合、具有可实操性。二是看它的标准是否合理。后来我们验证了这个标准具有一定的合理性。

这项研究让我们建立起全国首个自伤行为的评价标准。

不仅在中国，自杀和自伤行为已成为一个突出的全球性的学校卫生问题，然而目前很多国家都没有一个很好的监测系统。对此，我们牵头与华中科技大学以及美国霍普金斯大学、英国胡弗汉顿大学合作开展了有关儿童自杀和自伤行为的研究，调查数据涵盖了全球 83 个国家 12~15 岁的人群。

唐杰教授（右一）与胡弗汉顿大学健康研究院流行病学系教授合影

这项研究通过全球数据展现了自杀和自伤行为的现状，发现这两个健康问题不仅在儿童青少年中非常突出，还具有明显的地域性和国别差异，且这两种行为和学校霸凌有着显著的关系。

由于我们的研究成果对全球儿童的健康问题做出了贡献，最近联合国儿童发展基金将给我们颁发一个奖励证书。

流调是开展实证研究的重要环节

我们的研究需要经常留在基层开展流行病学调查。2013 年暑假，我们师生到佛山市南海区很多乡镇了解居民的健康状况，40 多天里师生基本在一个中学宿舍里同吃同住。

整个过程是很烦琐的，有时要下午快天黑时才能去入户调研，一组三个人分工合作，分别做问卷，采血样，测量身高、体重等生理指标。一户大概要做一个多小时，一般一组人一天最多完成对三户的调研。白天完成数据采集，晚上回来录入数据。

这段繁忙却充实的经历让我和当时同组的学生建立了亲密的关系，我到现在还和有些学生保持着联系。

实地调研和一手数据的获取是开展实证研究的基础。我们课题组也一直在寒暑假期间前往省内外的城市、乡镇开展人群调查。

唐杰教授（右三）与学生合影

2020 年起，我们在广东省中山市、深圳市及湖南省衡阳市选择了 1 900 名初一学生为研究对象，建立了青少年的人群队列，采用了标准评价工具对研究对象的童年期不良经历进行了回顾评价，并对研究对象的心理和行为进行每年一次的追踪评价。

该研究初步建立了童年期不良经历对抑郁的风险预测模型和对自杀行为的风险预测模型。两个模型充分考虑了具有中国特点的生命早期不良应激事件，以及事件发生的时间对心理行为的影响。

2022 年 7 至 9 月，我们又对同一批研究对象进行了第二次追踪调查，我们在这次调查中评价了他们过往的生活实践对他们现在的健康有什么样的影响。

提升健康素质　为国家战略需求提供有价值的成果

党的二十大报告指出，"推进健康中国建设""把保障人民健康放在优先发展的战略位置""重视心理健康和精神卫生"。

我认为，科学研究首先要对接国家的战略需求，创新成果要对国家亟待解决的问题具有现实意义和应用价值。

当前，我做的研究更多是考虑人群的实际情况和社会发展的需要。神经发育迟缓和心理行为问题其实不容小觑，青少年的焦虑、抑郁、自闭等是我当前最为关注的科学问题。

妇女儿童健康是全民健康的基石，是衡量社会文明进步的标尺，是人类可持续发展的前提，也是实现健康中国战略目标的重要支撑。妇幼健康工作对于提升全民健康水平、推动经济社会可持续发展具有全局性和战略性意义，是中国共产党人践行初心和使命的具体体现。

　　未来，我们将深入学习贯彻党的二十大精神，继续在妇幼保健领域发力，推动"以治病为中心"向"以人民健康为中心"转变，为青少年儿童不良行为的干预和健康发展提供有价值、有深度的研究参考，为促进全民健康素质的不断提高贡献力量。

学生的成长融化了我的心

受访者：唐敏仪

采访者（执笔人）：黄嘉荣

采访时间：2023 年 2 月

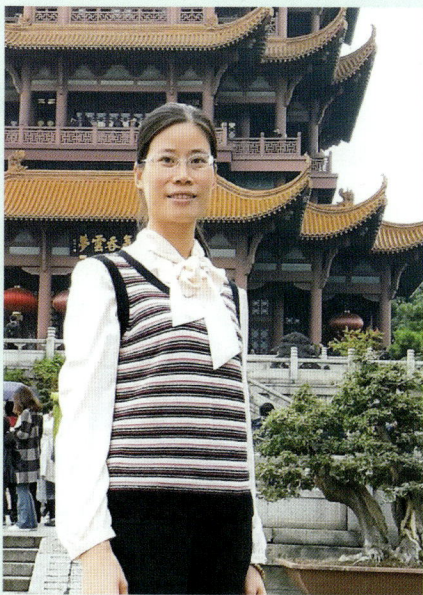

～ 唐敏仪老师 ～

　　唐敏仪，中共党员，广州医科大学口腔医学院辅导员，曾获"全国高校辅导员年度人物"入围奖、广东高校学生工作优秀案例一等奖、广州成功教育案例一等奖等荣誉，以及广东省学生工作先进个人、广东省高校学生资助先进工作者、广州市优秀团支部书记等称号。2018 年，她所带的学生党支部获评广州市星级党支部。

我是唐敏仪，是"土生土长"的广医人——1996年，我入读广医临床医学本科专业并获新生特等奖学金，毕业后在临床工作了一年多，2002年回归母校担任辅导员至今。广医的总体规模虽"小"，但给了我无限温暖；广医港湾之"大"，让我无比感动。

广医人精神成就10年奋进

新时代十年，我见证了广医弯道超车，实现跨越式发展。更名大学、主校区搬迁到番禺、进入"双一流"建设高校行列，一桩一件，历历在目。在广医口腔医学院工作12年，我陪伴学院的学子共同成长，亲身参与了口腔医学院建院腾飞的历程。

2011年，按组织工作安排，我接手了口腔医学专业本科生的管理工作，从此开启了我口腔医学专业辅导员的工作生涯。2012年，口腔医学院正式成立，当时学生数量较少，师资力量不足，发展压力较大，但是全体师生团结一心、默默耕耘。2015年12月，口腔医学成为全校首个通过全国专业认证的专业。2021年2月，口腔医学获批国家级一流本科专业建设点。

广医口腔医院也从28张牙椅开始，逐步发展成为拥有260张牙椅的公立三级甲等口腔专科医院。目前正在建设的全生命周期的口腔科技馆，未来将成为全国规模最大的一个口腔健康科普教育教学基地。

专业认证座谈会后，唐敏仪老师和同学们合影

十年耕耘，广医的口腔医学从一个规模较小的专业起步，发展到学院获批硕士学位授权点、多个省市级重点学科，附属口腔医院被授予国家医师资格考试实践技能考试（口腔类别）基地资格。这背后离不开校领导对学科建设的长远谋划，离不开学院教师们在教学科研上付出的辛勤汗水，更离不开同学们在专业学习中的积极进取。

2018 年以来，广医口腔学子连续 5 年在各种本科生临床技能竞赛中取得优秀成绩：在 2018 年第二届"华南杯"口腔医学生临床技能邀请赛中获得一等奖；在 2019 年第三届"光华杯"口腔医学生临床技能展示活动中获得"站点之星"（最高奖项）两项；在 2020 年第四届"光华杯"（南方片区）获得"专业之星"（一等奖）两项、"优秀团队奖"（二等奖）一项；在 2021 年首届"南方杯"口腔医学生数字化临床技能邀请赛中获得"创新之星"（第一名）、"新秀之星"（第三名）；在 2022 年中华口腔医学会口腔医学教育专业委员会第十七次口腔医学教育学术年会全国口腔院（系）的临床操作技能展示中获得"全能学生"两项。

2022年，广医口腔学子读研率达到50%，而建院之初仅为3.2%。同学们选择报考的研究生院校，也从本校逐渐扩展到国内多所"双一流"建设高校以及韩国延世大学等国外的知名院校。学生科研氛围日益浓厚，科研立项数实现零的突破，并多次获得省级、国家级立项，同学们逐步站上了更高的发展平台。

口腔医学院前进的每一个步伐，都是全体师生共同奋斗的结果。"艰苦创业、脚踏实地、开拓进取"的广医人精神成就了口腔医学的奋进史。

学生的成长让我操心，也融化了我的心

作为一名临床医生，我的工作是"治身"，即治疗患者身体上的疾病和不适。成为辅导员后，我的工作重点转向"治心"，关心关注学生的心理状况，帮助他们在大学阶段完善自我、健全人格、树立正确的三观。

广医是我成长的港湾，给了我充分的成长并实现个人价值的空间。在这里，我从临床医学学习中掌握了"治身"的基本本领，考取了执业医师证。

在辅导员工作岗位上，我把"治心"作为工作之要义。同学们18岁甚至不满18岁就来到大学，他们为人处世的方式方法、看待问题的角度、对外界事物的辨识能力、对个人未来发展的规划都相对幼稚和不成熟。

　　为此，我努力考取了心理咨询师、高级职业指导师、全球生涯教练等资格证，通过学前"人工人脸识别"、学中循循善诱谈心交流、学后继续服务等，做好学生教育、管理和服务工作，以心交心，希望帮助同学们度过一段美好、充实的大学时光，为他们今后的人生道路打下更坚实的基础。

2021 新年注册大会暨春联设计大赛上，唐敏仪老师和同学们在春联上写下对新学期的展望

　　辅导员工作的最大生命力和挑战性是它的平凡性和多变性。平凡性在于辅导员工作每天都离不开学生日常事务的管理、教育和服务，学生的衣食住行我们都要关心。多变性在于每一位学生都有独特的个性，每一件学生事务都各不相同，突发事件多是辅导员工作中的常态，因此我们需要有较强的应变、应急能力，因人、因事、因时把握工作的重点和难点，才能更好地

应对多种事务。

因为"平凡",所以考验人;因为"多变",所以需要求"新"出"心"。

口腔医学院举办朋辈励志分享活动

作为同学们大学阶段的第一位引路人,我虽然常常为他们操心,但更多时候,我却因他们的成长而融化了心,20年辅导员工作生涯,让我感动的学生故事不胜枚举。

曾经有同学了解到身边有一位家庭经济困难的同学,为了不伤害那位同学的自尊心,他带着平日里积攒的 2 400 元积蓄找到了我,希望以匿名的形式让我把这份爱心转交给那位同学,尽自己的一份绵薄之力。相较于看到学生在国家、省市级舞台上大展拳脚,他们在生活中自然流露的正能量更让我触动。

也曾有学生干部在班级工作中出现较大失误,一时手足无措,选择向我求助。他碍于面子,想回避问题,但在我的积极推动和循循善诱下，最终决定直面问题、向全体同学深刻检讨，并和大家一起快速妥善、公平公正公开地重新处理问题。我认为，适当允许学生在可以容错的阶段犯错，并帮助他们改正，这将是他们成长路上的宝贵财富。

引导学生从"医学小白"成长为德术兼修的临床医生

党的二十大报告提出，"弘扬以伟大建党精神为源头的中国共产党人精神谱系，用好红色资源，深入开展社会主义核心价值观宣传教育，深化爱国主义、集体主义、社会主义教育，着力培养担当民族复兴大任的时代新人"。

唐敏仪老师带领学生党支部的同学们重温入党誓词

我是幸运的，在广医遍遇良师益友。大学入学第一天就被辅导员叫出名字，当学生干部时不断得到同学们的帮助和包容，工作第一天就得到领导、前辈的手把手教导，遇到棘手问题时也有学工同仁们的陪伴和鼓励……点点滴滴，历历在目。

唐敏仪老师和同学们到农讲所参观学习

我离开临床岗位后，在他们的引领下，坚定了成为一名辅导员的决心，看到了职业生涯的发展方向和平凡职业中的崇高意义，立德树人成为我人生中的不懈追求，在陪伴学生成长的路上也成就自己的人生价值。

我坚持以身作则，用广医前辈优秀事迹来教育、引导同学们，帮助他们从"医学小白"成长为医术扎实、医德淳厚的临床医生，成长为保护人民生命健康、推进"健康中国"建设的生力军。见证同学们的成长，我引以为荣！

未来，我将继续坚定前行，用好红色资源，开展社会主义核心价值观宣传教育，深化爱国主义、集体主义、社会主义教育，致力于培养更多担当民族复兴大任的时代新人！

努力照顾好"第二大脑"

受访者：杨辉

采访者（执笔人）：梁凯涛

采访时间：2023 年 3 月

~ 杨辉教授 ~

　　杨辉，医学博士，现任广州医科大学附属第二医院（以下简称"广医二院"）内科主任兼消化内科主任，教授、主任医师，博士生导师，兼任广东省医学会消化内镜学分会副主任委员等，广东省杰出青年医学人才、广东省自然科学基金杰出青年项目资助获得者。擅长消化性溃疡、胃食管反流病、功能性胃肠病、脂肪肝、病毒性肝炎、肝硬化、胰腺炎和炎症性肠病等疾病的诊治，擅长消化内镜的微创手术治疗。

胃肠道是人体第二大神经集合（大脑是第一大神经集合），通常被称为"第二大脑"。大脑和内脏通过一系列复杂的信号联系在一起，这些信号相互之间传递信息，有助于控制多种功能，特别是食用和消化食物。

杨辉教授供职于消化内科，照顾好"第二大脑"是他的主要工作之一。他也是"土生土长"的广医人，从2003年到广医攻读硕士研究生，其后继续在本校攻读博士学位，毕业后在广医二院工作。

我是杨辉，从到广医读研至今，岁月的车轮走过20年，感恩母校为我提供广阔平台，让我有机会有能力服务人民健康事业，在此过程中，我经历了两次飞跃。

第一次飞跃：从懵懂学子到临床中坚

小时候，我得过阑尾炎，当时医生通过手术很快就为我解除病痛，从此我对医学便充满向往，心中种下了救死扶伤的梦想种子。

2003年，广医在抗击"非典"中挺身而出，我从广医师生的先进事迹中了解到这所大学的精神与底蕴，于是慕名前来攻读硕士、博士学位。

当年广医只有越秀校区，麻雀虽小、五脏俱全，校园氛围很温馨。

学校和导师总是为学生提供最好的资源与平台，帮助学生成长。在博士生阶段，学校送我到美国堪萨斯大学医学中心进行学习，两年半的时间，我基本上都是在当地做实验，并取得了一系列成果。

更重要的是，我培养了科研思维，初步胜任临床治疗与研究的工作。毕业后，我到广医二院工作，当时既有荣誉感也有责任感。荣誉感是因为正式走上工作岗位，可以更好地服务患者；责任感是因为我不仅担任医生，还成了临床教师，要用心指导和培养未来的医学栋梁。

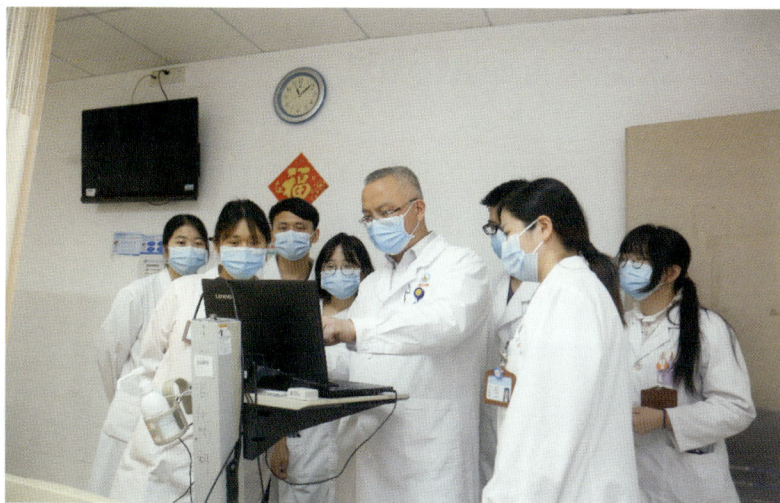

杨辉教授在查房时指导学生学习临床技能

在医院领导的支持下，我担任内科主任，负责内科、诊断教研室的教学及管理工作，这样我对本科生教学的责任就更大了，必须努力落实好立德树人的根本任务。

一方面，要教会他们专业知识与技能；另一方面，要培养他们的医德医风和医学人文素养，让学生树立以患者为中心的理念。

近几年，我主持或参与教学成果项目9项。在2019年美国肝病研究学会年会上，所指导的学生的研究摘要被录取并由其做口头汇报，该摘要被评选为"NAFLD/NASH类最佳摘要"；指导的研究生在2018年中华医学会肝病学分会学术年会对其论文进行口头报告，获得优秀论文二等奖；还有一批本科生获得多项国家级、省级大学生创新创业训练计划项目立项。医院专门为本科生提供了科研平台和资源，推动他们在"大创"中成长。

第二次飞跃：内涵与效率双增

内镜是医生非常有力的武器，对于消化内科来说，胃肠镜有利于某些病灶的早期发现，如果病灶具有某些明显指征，还可以同步处理。

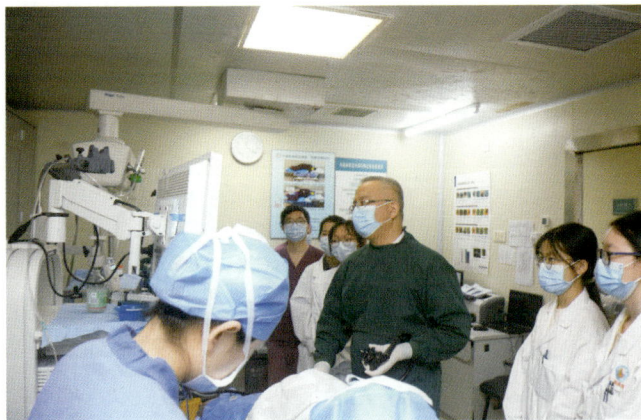

杨辉教授通过内镜为患者进行检查

消化内镜诊疗部与 10 年前相比，规模没有明显的扩张，但是内涵与效率实现了明显的飞跃。

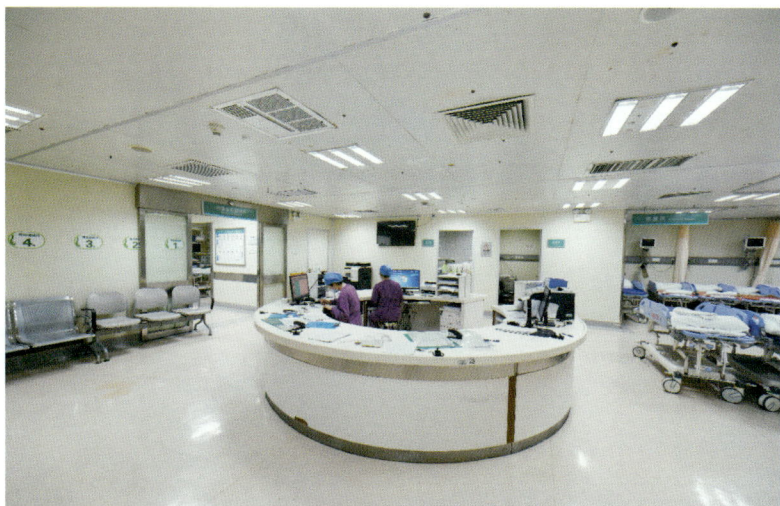

消化内镜诊疗部

一方面，我们拥有由专业的消化内镜医护人员、麻醉医护人员组成的医疗团队，骨干都是博士；同时配备了 80 多条检查及治疗内镜，拥有电凝电切工作站、氩离子凝固电切设备（氩气刀）、数字减影 X 光设备和呼吸机等最新最好的设备，可全面开展包括 ESD、STER、POEM、EUS–FNA 等国内领先内镜手术。

另一方面，内镜诊疗量相比 10 年前增长 2 倍多，三级、四级的治疗服务不断提速，还有不少外地患者慕名而来。消化内科团队在消化道出血、肝胆胰疾病的内镜诊断及超级微创治疗，食管、胃肠的早期肿瘤内镜筛查及内镜下微创治疗，肝硬化、炎症性肠病的诊疗，晚期消化道肿瘤的化疗、靶向治疗及免疫治疗等方面取得长足进步，整体形成一个体系。特别是与胃肠外科合作，对消化道肿瘤的早期发现早期治疗的案例越来越多，为患者的生命健康提供了卓有成效的保障。

2013年，我荣获广东省自然科学基金杰出青年项目资助，这是广医系统内的第一个"省杰青"。近五年，我主持国家自然科学基金项目2项，主要围绕胃肠道肿瘤、胰腺癌和肝癌的发病机制及临床转化等方面开展研究。相关成果曾获评2018年度广东省优秀科技成果和广东医学科技奖三等奖。

杨辉教授在工作中

患者信任：顶住压力收治危重少女

在临床工作多年，虽然辛劳，但我时常被患者的信任所感动，这是我全力做好救治工作的不竭动力。

2020 年的夏天，15 岁的汕头女孩琪琪（化名）为了备考体育，误信偏方误服了秋水仙碱等药物，随即出现了腹痛、腹泻、血便、休克等症状。经过当地医院和广州某三甲医院 ICU 的治疗，她的生命体征稍微平稳。

可是，随之而来的是琪琪出现反复的腹泻、恶心、呕吐，几乎无法进食。肠镜发现了艰难梭菌感染、伪膜性肠炎的典型表现。

患者一家经过多方打听以及医生推荐，慕名找到我们科室。

当时，琪琪病情仍然危重，肠道炎症明显，肠道屏障功能严重受损。每日腹泻多达 20 次，合并肝功能损害，营养状况极差，不能下地走路，全身皮肤可见多处褥疮。全身皮肤颜色明显发黑、晦暗，像一个"小黑人"一样。

这样的危重病例使我们深感压力。

在做好知情同意的情况下，患者家属表示："我们完全信任杨辉教授团队的治疗方案，无论如何，我们都完全支持、全力配合。"

这一份信任就是我们全力以赴、为之拼命的动力，因此决定迎难而上，将患者从鬼门关拉回来。

于是，我立即成立救治小组以及组织全院专家会诊，会诊专家一致认为：尽管患者病情重，一般情况差，肠道屏障功能受损，但粪菌移植是治疗伪膜性肠炎的最佳方案。

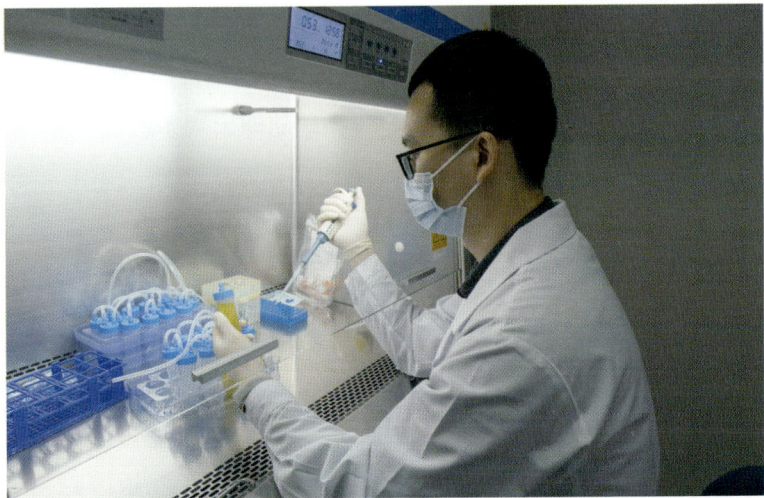

医务人员在实验室制作粪菌液

粪菌移植是指将健康志愿者的粪便，经过特殊处理后移植至患者肠道，以其重建正常肠道菌群，从而治疗疾病的技术。

我们是广东最早开展该技术的科室之一，拥有较丰富的治疗经验。

此前，琪琪已经在封闭的 ICU 治疗近 3 个月，再加上疾病的折磨，心理上也受到了很大的打击。

消化内科的医护团队除了制订详尽的支持治疗方案，同时也不断鼓励她，让她树立战胜疾病的决心，几位护士更成了琪琪的"好姐姐"。

经过 7 次粪菌移植以及消化内科医护团队的支持治疗和护理康复，琪琪的腹泻情况终于缓解，并可以正常进食，复查肠镜提示肠道已基本正常，治疗 1 个月后好转出院。为了感谢医护人员的精心治疗，琪琪爸爸在出院前特意送来了锦旗。

如今，琪琪已经完全恢复健康，又是一名花季少女的模样。琪琪每年还会给我发拜年短信，一直让我感动不已。

治愈患者带来的喜悦感给了我们莫大的鼓舞，更加坚定我们做好临床治疗与研究的信心与决心。

防治癌症：早诊早治一例就能救一个家庭

党的二十大报告指出，"促进优质医疗资源扩容和区域均衡布局，坚持预防为主，加强重大慢性病健康管理，提高基层防病治病和健康管理能力"。

恶性肿瘤死亡率前十名，食管癌、胃癌、结直肠癌、肝癌、胰腺癌都在其中，这些都是我们消化内科的诊治范围。

提高基层防病治病和健康管理能力，我们消化人大有可为！

首先，我们要扎实推进内涵式建设，提升服务人民健康的能力。

我们坚持在胃肠道肿瘤早期诊断、微创手术治疗和肝癌分子靶向治疗的临床与科研上发力，用心培养高素质的消化专业人才，达到省内领先、国内先进的水平，从而保障广大患者就医需求，助力医疗卫生事业高质量发展。

其次，我们要大力提高群众对消化道肿瘤的重视程度。

比如，近年来，结肠癌的发病率呈现上升趋势，而且有年轻化的倾向，这与我们的饮食习惯、生活方式都是相关的。

对于恶性肿瘤，早发现早治疗一例，就能拯救一个家庭！我们积极参与广州的肠癌、胃癌、食管癌等早期筛查项目，在社区里和线上直播间大力开展义诊和宣传，把科普知识直接送到群众身边，鼓励群众积极参加早筛，提高他们对消化道肿瘤的预防意识。这样一来，既能保障群众的生命健康，也能为国家、家庭减轻医疗负担。

培养新时代生物医学卓越人才

受访者：龚青

采访者（执笔人）：丁惜洁

采访时间：2023 年 3 月

～ 龚青教授 ～

  龚青，中共党员，广州医科大学生命科学学院教授、博士生导师，学院第二党支部书记兼生物化学教研室主任，广州市高层次人才，广东省抗癌协会肿瘤转移专业委员会青年委员、广东省生物化学与分子生物学学会青年委员。"十二五"普通高等教育本科国家级规划教材《医学生物化学与分子生物学（第四版）》副主编，生物化学省级一流课程负责人。主要研究方向为癌症发生发展过程中的三维基因组、相分离、表观调控机制，发表 SCI 论文 14 篇（第一作者 6 篇，通讯作者 8 篇）。

  广医的生命科学学院（简称"生科院"）成立于 2016 年，其全名有着一串长长的"头衔"——"广州医科大学—中国科学院广州生物医药与健康研究院联合生命科学学院",其独具特色的联合培养模式也在学院的名称上有所体现。

我是龚青。2010年,我博士毕业来到广医,那时我们还没有很明确的学科发展概念,大家都是按照自己博士期间的研究方向各自推进,缺少学科带头人。现在,从学校到学院,各个层面都凝练出明确的学科发展方向,各个方向都有学科带头人,形成了共同交流合作的发展氛围。

十年来,令我印象最深刻的是广医进入了广东省高水平大学和"双一流"建设高校行列,学科建设水平得到了提升。生科院成立后发展迅速,生物学成功申报一级学科博士点,生物技术专业获批国家一流专业建设点,获批建立细胞命运调控与疾病粤港澳高校联合实验室,并产出了多项教学改革成果。此外,新冠疫情期间,在钟南山院士的引领下,我们生物学学科团队积极参与新冠病毒的研究,并发挥了重要作用。

在与广医共同成长的道路上,我深感个人发展和学校的发展是密切相关的,伴随着学校的高速发展,作为教师的我们,也逐渐进入了"高质量发展"阶段。

守正创新 乘势而上 培养创新拔尖人才

2014年及2019年,学校两次组织我们分别前往旧金山州立大学和台湾中山医学大学进行双语教学能力、器官系统课程整合及PBL教学培训,团队的教学能力和教学思维都得到了提升。

在教学中，我们注重突出医学特色和健康中国理念，将临床案例和医学研究的最新研究成果融入课堂，提高学生对疾病机制学习的积极性。

广州医科大学教师团在旧金山州立大学进行
双语教学能力及 PBL 教学培训

我们探索建立了以能力为导向的梯度实验教学体系，对生物技术专业及南山班、创新班学生整体实施梯度实验教学，安排学生通过五个阶段循序渐进接触实验，具体分为：实验导论、基础实验、综合实验、探究实验、科研轮训。学生在进行基础实验及综合实验的同时，可进入导师课题组参加组会，寒暑假则进入实验室进行科研轮训并参与大学生科研课题、竞赛等。

生科院实行一对一的导师制，大力发展学生"第二课堂"，鼓励学生尽早参与导师课题组的组会。有些高年级的本科生已经参与到每周的文献及研究汇报等工作中，这对他们后续选择导师和专业方向都有好处。导师制实行以来，很受欢迎，有很多同学自愿利用寒暑假的时间，留校在实验室跟着老师学习。

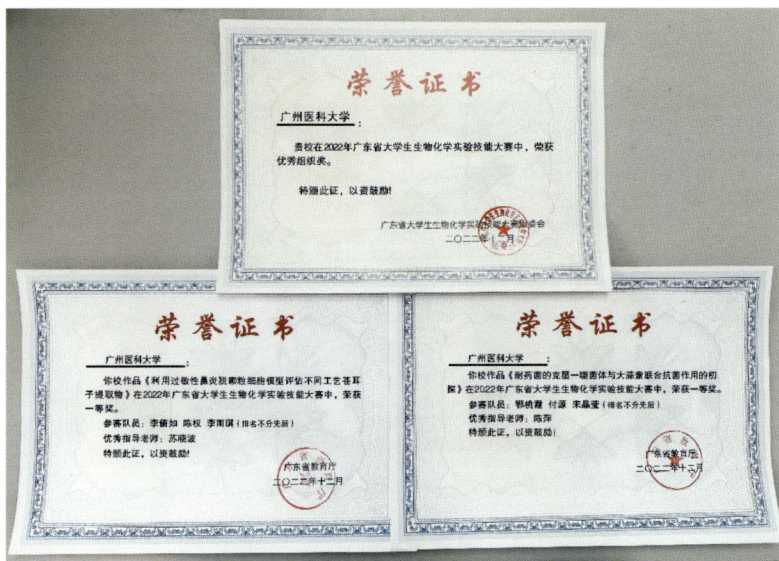

2022 年广东省大学生生物化学实验技能大赛获两项一等奖

我们按照建设内容在生物技术专业开展了这一实验教学模式后，发现效果很好，现已推广到南山班、创新 2 班、创新 3 班及基础医学班级。这一成果不仅获省级教改课题，学生也在各项比赛中取得亮眼的成绩。截至目前，获创新创业项目立项 71 项，其中国家级 14 项、省级 18 项；获广东省大学生生物化学实验技能大赛一等奖 4 项、二等奖 3 项、三等奖 3 项，仅 2022 年就获得一等奖 2 项，广医成为唯一获得两项一等奖的高校；获全国大学生生命科学竞赛国家级二等奖、三等奖各 1 项，获该竞赛广东赛区二等奖 2 项、三等奖 1 项。

在实验教学的创新探索取得成效后，我们将主体课程、实验操作、科研实践相互整合的思路进一步推广，加入学院生物技术人才培养模式中。

目前，学院以生物技术专业为培养方向，以孵育生命科学创新研究型"卓越人才"及生物医药复合应用型人才为目标，依托国家级一流本科专业建设点、广东省应用型人才培养示范专业、生物学一级学科博士学位授权点，构建了一个基于孵育生命科学创新研究型"卓越人才"多样性（Diversity）、多维度（Dimension）、驱动性（Dynamic）的"3D"立体人才培养体系。

龚青教授（左三）与 2021 届研究生毕业合影

引育并举　凝心聚力　共同建设高水平教师团队

我们的生物化学课程获评省级一流课程，教师团队由教授名师领衔，有很好的医学教育国际视野和学术研究水平，在研国家自然科学基金项目6项。坚持立德树人，创新教学模式，建立以临床问题为导向，以学生创新能力及综合素质培养为核心，以思政融入、科教融合、课程学习和科研探索交叉为特色的立体化教学体系。团队提出的"以创新创业能力培养为核心的医学基础实践教学体系的构建"项目，创建了一个由主体课程、学术拓展和科研技能培训组成的螺旋式上升学习框架，并获得第八届广东省高等学校教学成果奖二等奖。

我从2019年开始担任生物化学教研室主任。我们教研室虽然是一个小团队，但也精炼出了一个具体的学科方向，主要关注肿瘤发生发展的细胞命运决定的转入调控表观遗传调控，并和生物信息技术前沿成果紧密结合，进行跨学科的研究。

近年来，南山学者的引进，为我们的学科建设注入了更多资源，人才队伍也壮大了起来。在交流过程中，他们提出很多新颖的观点，提升了整个团队的创新水平。比如南山学者们讨论的三维基因组，对于整个生物科学领域来说都是很前沿的研究。

生物化学教师团队

不忘初心　勇毅担当　自立自强　主动服务高水平科技

目前我所在的课题组的主要方向包括三维基因组结构与基因表达调控，三维基因组结构变异与肿瘤发生发展，相分离调控三维基因组结构，三维基因组结构干预，特异性干预肿瘤相分离的小分子药物开发，等等。在一个又一个崭新的探索中，困难的确存在，不过我一般会忘记困难。困难靠时间、能力、智慧可以去克服。不一定能解决所有困难，只要我在不停进步就好了。

我始终认为，培养学生的主观能动性十分重要。在我的课题组，学生们都很积极。我喜欢提供平台，让学生知道自己做的研究很有意义。在文献汇报和工作汇报时，学生也会发现，我们的研究或者其中的想法在某些领域已经达到了领先水平，这时我会鼓励学生，"你的研究跟国际顶级期刊的研究是水平相当的，现在就靠我们一起努力去证实"。

龚青教授课题组每周三晚上的组会现场

党的二十大报告指出，要"加强基础学科、新兴学科、交叉学科建设，加快建设中国特色、世界一流的大学和优势学科"。为此，我将全面贯彻党的教育方针，落实立德树人根本任务，培养更多生物学和临床医学领域的人才。同时，我们的科研团队将继续探索研究，发挥生物学这一基础学科的作用，努力在未来开发出肿瘤治疗新靶点，并为癌症治疗提供帮助。

如何成为揪出病因的"福尔摩斯"

受访者：彭亮

采访者（执笔人）：梁凯涛

采访时间：2023 年 4 月

~ 彭亮教授 ~

　　彭亮，中共党员，医学博士，教授、博士生导师、主任技师，现任广州医科大学附属第五医院（以下简称"广医五院"）医学检验科主任，主要从事常见病原菌致病分子机制及感染标志物研究。先后主持国家自然科学基金项目 2 项以及广东省自然科学基金、广州市科技计划等各级项目，发表学术论文 50 余篇，入选首批广东省杰出青年医学人才。曾获广东省高校教师教学创新大赛二等奖、金域检验学院"课程最受欢迎教师"、广医五院"优秀研究生导师""优秀教研室主任"等称号。

福尔摩斯是小说中虚构的侦探，擅长通过观察和推理查找罪案元凶。他头脑冷静、观察力敏锐、推理能力出众，善于通过观察与演绎推理及法学知识来解决问题。彭亮教授就是广医五院医学检验科的"福尔摩斯"，带领团队凭借先进的设备和过硬的技术，帮助临床医师击破疑点、揪出病因，为患者健康保驾护航。

我是彭亮，2011 年博士毕业后加入广医，先后在广医二院和广医五院工作。我对分子及微生物检验工作有着浓厚的兴趣，因此一直从事这方面的工作。广医是承载着我职业生涯的巨轮，带着我在守护人民健康的征途上乘风破浪。

在追逐一流上乘风破浪

我刚到广医工作之时，学校进入 ESI 排名全球前 1% 的学科只有临床医学。

自开展省市高水平大学建设和国家"双一流"建设以后，广医这艘巨轮乘势顺风航行，目前已有 10 个学科 ESI 排名全球前 1%，临床医学更是已经跻身前 1‰了。

广医科研成果也相当显著，特别是在《自然》《科学》《新英格兰医学杂志》《柳叶刀》等世界知名杂志上发表一系列论文。

在抗击新冠疫情中，以钟南山院士为首的广医团队以领先的研究成果指导临床救治和疫情防控，把成果写在祖国和地球的大地上。

广医五院乘着学校的东风，建立了医学研究中心，下设前沿医学交叉研究中心、临床研究与转化中心、精准医学检验中心和药物临床试验研究中心。

2020年，建筑面积2 943.8平方米、总经费投入超1亿元的医学研究中心萝岗实验室正式启用。更高的平台吸引来了更多的优秀人才，研究成果也有了明显的增长。

广医给予青年医务人员很多成长机会，2014—2015年期间，学校委派我到美国南加州大学洛杉矶儿童医院，做了一年访问学者。

其间，我接触到了国际上最前沿的课题，接受了先进的科研培训，开阔了视野、提升了能力。其后，我将所学本领带回广医，与师生同仁一起为学科建设、人才培养贡献力量。

我深深地以身为广医人而骄傲，同时，也更加有责任和动力去为广医的"双一流"建设添砖加瓦。

人才培养的全方位指导"投喂"

我长期从事人才培养工作，参与金域检验学院的教学工作最多。

彭亮教授为学生讲课

　　金域检验学院于 2021 年入选国家首批现代产业学院，是此次全国医学领域四个国家级现代产业学院之一，也是广东省唯一入选的医学类国家现代产业学院。

　　医学检验技术专业已经获批国家级一流本科专业建设点，专业排名居于全国前列。

　　检验专业学子的基础非常扎实，这与学院教学理念是密切相关的。学院紧紧围绕着临床实际来统筹教学工作，使其与临床工作密切结合在一起。

　　除了基础知识与技能的传授以外，学院还非常注重开设学科前沿课程，把检验学科新发展和新技术贯穿到人才培养中。

　　因此，检验专业学生的功底比较扎实，也具备了一定的科研思维，会参与一些课外的科研活动，每年都会有本科生发表

SCI 论文。

在教学和临床工作中，邓小燕教授对我的指导和帮助最大。邓小燕教授先后担任广医二院检验科副主任、金域检验学院副院长，从基本教学方法到创新教学理念，从日常教学管理到教育教学改革，从检验技术到质量管理等方面，她用心地给予指导、传授经验，对我初出茅庐任教乃至如今担任检验科、教研室主任，一直都是大有裨益。

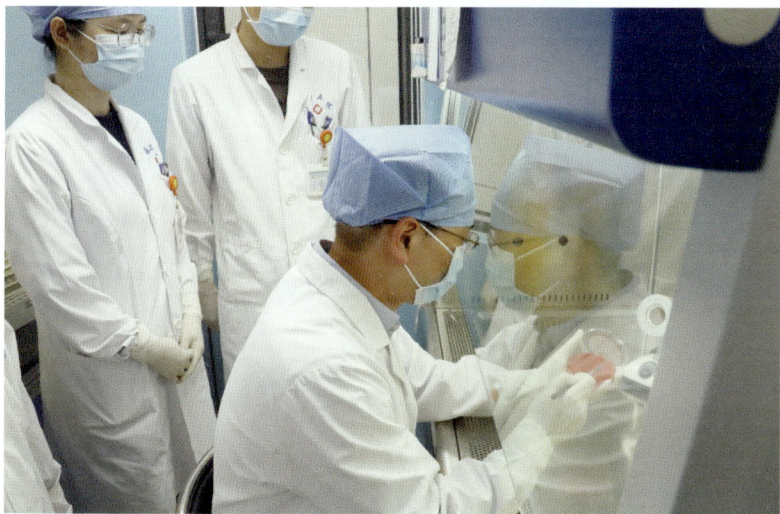

彭亮教授为学生示范检验技能

我担任检验、康复专业的本科生导师，在学校和医院、学院的支持下，给予学生多种指导。在医院，我们课题组和研究生的定期组会、科室每周临床业务和科学研究的集中学习，都会邀请本科生来参加；在校本部，我去上课之余，也会召集自己指导的本科生，集中在一起讨论；在实验室，金域检验学院的研究平台和广医五院的医学研究中心都有为本科生开放的安排，为他们参与课外科研以及"大创""挑战杯"等提供资源。

抽丝剥茧揪出病原体"真凶"

从事医学检验工作就是做好临床的侦察员，经过一番追踪，终于能为患者"破案"。

彭亮教授在检验科工作中

有一位来自江西的患者，脚部伤口久不愈合，在当地两家大医院检查，诊断是感染，但由于各种原因未进行规范治疗。后来，他来到我们医院骨科，我们高度怀疑它是分枝杆菌的感染，也做了一些相关检查。然而，病原体可能因为处于潜伏状态，所以并未找到很明确的病原证据。结合标本送检情况、患者相关资料，通过与主管医生沟通，我仍然高度怀疑它是分枝杆菌的感染，问题可能出自标本的留取方法。于是，我跟着骨科团队到手术室，现场指导医生在伤口处取哪些部位作为标本和怎么取标本，这次重新取了一些深部组织。回到检验科后，我对标本做了研磨和培养，同时也送测序和做抗酸染色。终于，真相大白！在显微镜下，我们发现抗酸杆菌阳性！宏基因组测序结果显示病原体是海洋分枝杆菌。这个时候，临床上的诊断就一锤定音了。

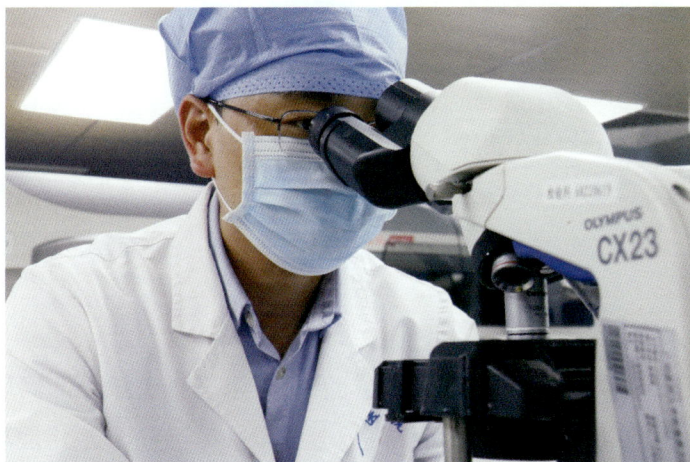

彭亮教授用显微镜观察标本

尽管我们通常居于幕后，但只要能为患者解除疾病痛苦，仍然会有一种莫大的成就感。

微生物里做大学问

党的二十大报告指出，"创新医防协同、医防融合机制，健全公共卫生体系，提高重大疫情早发现能力，加强重大疫情防控救治体系和应急能力建设，有效遏制重大传染性疾病传播"。

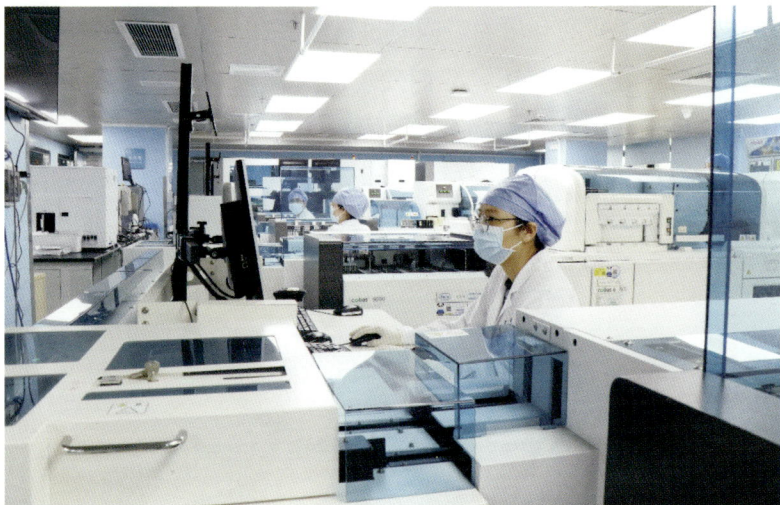

广医五院的检验技师在工作

在临床方面，我们将持续提升检验水平，更快更准确地发现疾病的根本病因，从而更好地服务于临床治疗，尤其是及早发现可能出现的传染病，预防其广泛蔓延和传播，为建设健康中国贡献力量。

在科研方面，我们致力于体外诊断的研究与转化。医学检验是学科交叉非常活跃的一门学科，与化学、生物医学工程都有很强的关联性。我们通过寻找一些感染的标志物，并据此做成试剂盒，有助于快速发现疾病。我们要积极实现科研成果转化并应用于临床，坚持面向国家重大需求和人民生命健康，助力解决"卡脖子"的难题。

精耕细作"采钻石"

受访者：徐桂彬

采访者（执笔人）：丁惜洁

采访时间：2023 年 4 月

～ 徐桂彬教授 ～

　　徐桂彬，中共党员，医学博士，教授、主任医师、博士生导师、博士后联合导师。广医五院泌尿外科主任、广东省重点专科泌尿外科临床负责人。现任中华医学会泌尿外科学分会结石学组青年委员、广东省泌尿生殖协会转化医学分会主任委员、广州市医学会微创泌尿外科学分会主任委员。致力于泌尿系结石、泌尿系肿瘤的深入研究，主要从事复杂性肾结石、输尿管狭窄治疗。获得国家专利 5 项，作为第一作者或通讯作者发表论文 50 余篇（其中 SCI 论文 13 篇），主持国家自然科学基金和省市级科研项目 10 余项。获得第二届广东医师奖、云南省青年五四奖章、广东省首批杰出青年医学人才、羊城好医生等荣誉称号。

在泌尿外科，结石又被称为"钻石"。取出结石的过程就好似采集钻石，需要耐心细致、精准操作。徐桂彬教授就是一位采集"钻石"的专家，他技术精湛，个人年均手术量近千例，在院内名列前茅。

我是徐桂彬。1999 年，我进入广医读本科；2004 年，考取本校研究生；2007 年，进入当时的港湾医院工作。作为老广医人，我见证了广医五院和泌尿外科从无到有、从有到强的发展历程。当初，我们明确定位，下决心先做好结石治疗。随着结石手术在黄埔区做出了名气，我们以此带动微创，而后是整个微创外科的发展。当前，我们以建设国家级临床重点专科为目标，助力校院高质量发展。

资源传送：从 0 到省级临床重点专科

20 年来，我见证了广医更名、启动高水平大学建设、入选国家"双一流"建设高校行列等变化，学校发展不断迈上新的台阶。

2007 年，广州港湾医院转制为广医直属附属医院，我的老师李逊教授担任院长。同年，我跟着老师一起来到医院，既兴奋也深感压力。

当时医院条件较为艰苦，科研力量也很薄弱。整个医院只有 500 多张病床，全院只有 5 张手术床，手术床调整体位还只能靠手摇，很多设备都跟不上微创技术的发展；全院只有 3 个泌尿外科医生；很多临床研究和基础实验，是借助学校的公共实验平台等资源开展的。

学校的发展助推广医五院一路进阶。目前，广医五院拥有广东省教育厅重点实验室 1 个、广州市重点实验室 2 个。2020年，医学研究中心萝岗实验室正式启用，其建筑面积达 2 943.8平方米、总经费投入超 1 亿元。随着医院不断发展，泌尿外科也成长为省级临床重点专科。

广医系统的医教研资源支撑着我不断成长。2014—2015 年，我受学校资助前往美国进行博士后研究工作；2016 年，学校组织访学，我担任教师访学团团长，带领各附院共 20 人前往美国加州大学交流学习。伴随着广医的发展，我也从讲师晋升为副教授、教授，从培养硕士研究生到培养博士后。

精耕细作：精细微创解决复杂难题

泌尿系的结石微创、个体化诊疗是广医的招牌，广医一院的老院长吴开俊教授是全国著名微创泌尿外科专家。1984 年起，他在国内率先引进经皮肾镜取石术、输尿管软镜取石术。此后，结石治疗由开刀逐渐转变为上述两种治疗方法。

　　吴开俊教授带领李逊教授等专家，不断探索创新，李教授又将技术从广医一院带到了广医五院。我跟随李教授总结临床经验，以降低结石的围手术感染和死亡率、提高结石清除率和安全性为突破点，创新多种技术方法，使复杂性肾结石的治疗效果达到国际先进水平。

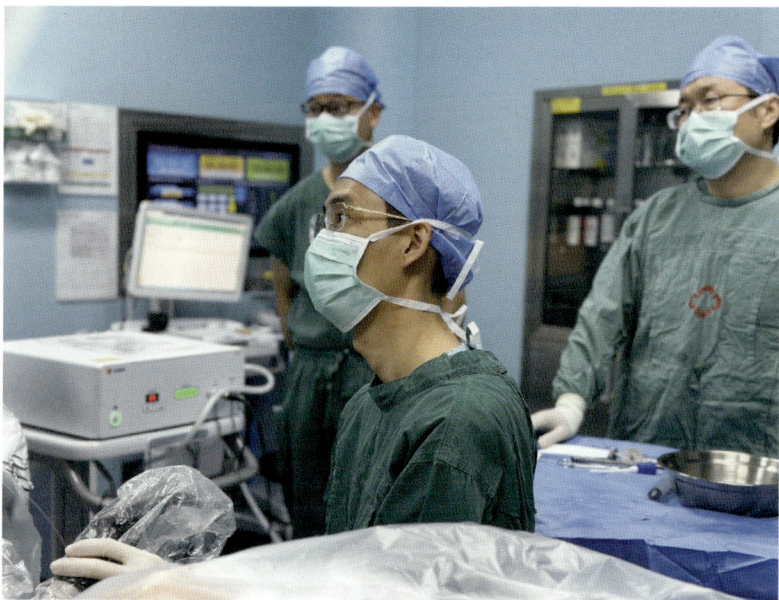

徐桂彬教授在手术室

　　一直以来，国外大部分肾结石手术都是大通道经皮肾镜取石，李教授带领我们团队开展 MPCNL 即小通道的微创经皮肾镜取石术（在国外也被称为中国式经皮肾镜取石术）治疗复杂性肾结石。我们采用微创经皮肾镜取石的同时，结合软镜一起治疗。研究结果发现，我们采用的方法不仅能获得很好的结石清除率，还能在不增加感染风险的情况下减少手术创伤。

为提高手术的安全性，我们首创负压微创经皮肾镜理念，实现低压环境下高效碎石，在国际上首先提出使用微创通道结合较小的微创肾镜，提高镜鞘比和镜与肾盏之间的间隙，通畅出水，从而降低肾盂内压的理论。该理论得到国内外专家的一致认可，成为一个指导微创经皮肾镜取石的较为重要的临床依据。

此外，由于输尿管狭窄病因多样、治疗方式种类繁多，疗效不确定性较强，输尿管狭窄的治疗仍存在众多争议和差异性问题。

对此，我们提出整体化诊治策略，包括标准化术前诊查、个体化治疗方案和规范化术后随访三个环节，该项目获批广州市卫健委临床特色推广项目。我们针对相关复杂病例，如肾移植术后狭窄、肠代膀胱术后狭窄、肿瘤引起的输尿管狭窄等，实施整体化诊治策略，治疗成功率显著提高。

目前，我们团队处理的输尿管狭窄病例的数量、复杂程度居全国前列，我们总结经验，撰写《输尿管外科学》和《输尿管狭窄全程化管理和案例评析》。后者出版后，或将成为国内首部输尿管狭窄方面的专著，并有望成为操作指引，为更多同仁的临床工作提供实际帮助。

"光'盒'作用"：奉献精神代代传承

我的导师李逊教授不仅技术精湛，还在待人接物等方面对我们进行言传身教，使我们在潜移默化中深受感染。

在李教授担任院长的这十几年里，他常常调侃自己是"光'盒'作用"。"光"是指做手术"吃"足 X 光，"盒"就是指盒饭，无数个中午，他基本都是在手术间隙匆匆扒几口盒饭。

有一名患者专程从外地过来，找李院长看病，但是患者身上只有 300 块钱。我们通过科室募捐等方式为患者筹集资金，不仅为他做完手术、完成治疗，还送给他回程的路费。

在工作中，我希望将这一份无私奉献的精神继续传承下去。不仅要全心全意为患者服务，还要将仁爱之心传播到更广阔的天地。

对于前列腺癌、肿瘤的筛查，早期发现、及时治疗的效果很好，等到后期出现症状再就医，可能就会错过最佳的治疗时机。

因此，我们定期组织博士去基层义诊，为当地群众进行疾病筛查。每月至少两次，一年不少于 24 次。博士团下基层的品牌活动是我们医院的一张亮丽的名片。2020 年，我个人参加了中组部、团中央的博士服务团，挂职昆明医科大学第二附属医院的副院长，为期一年。这一年，我参与了大量抗疫工作，荣获云南省青年

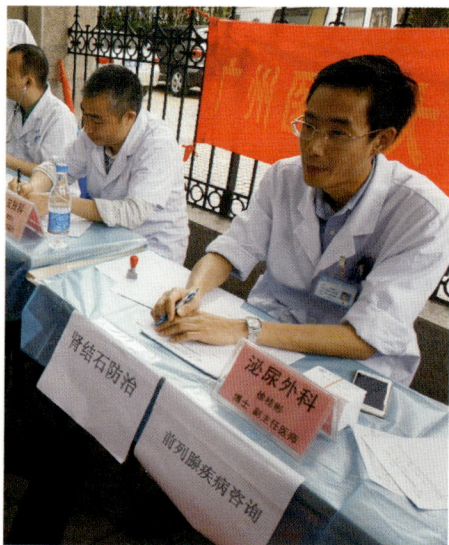

徐桂彬教授在义诊

五四奖章。

党的二十大报告指出，"推进健康中国建设"，"促进优质医疗资源扩容和区域均衡布局"。

为响应党中央的号召和省、市的部署，我们医院先后与贵州省安顺市、省内潮州市等地的几家医院签订帮扶协议，与潮州市人民医院、潮安区人民医院和贵州安顺的三〇二医院共同组建"大湾区泌尿外科专科联盟"，定期选派医生驻点参与对口帮扶，推动优质医疗技术下沉基层。截至目前，我们对基层的帮扶活动已经持续近 5 年。

UP 主"彬哥"：普通话 Normal，但技术 Special

对于泌尿系统疾病来说，预防与治疗是同等重要的。

科室播放的科普电视节目

我定期参与广东卫视、广州市的健康科普类电视节目的录制工作。我们会把这些科普视频通过科室的电视每天为患者播放。

病房里的二维码墙

由于对手术具体过程缺乏了解，部分患者术前会紧张、恐慌。我们将科普视频以二维码的形式贴在病房，指引患者术前术后收看相应内容，增进他们对疾病和治疗的了解。我开通了抖音、人民网的个人号，我的个人介绍是"普通话 Normal，但技术 Special"。目前账号已运营一年，从脚本撰写、视频拍摄到后期剪辑都是我独立完成的。

为加大科普宣传力度，我在全院第一个提出设立健康管理岗，建议每个科室有一名护士专门从事宣教工作，告诉患者术前术中术后应该怎么做。只要理顺整个流程，我们可以更好地和患者进行交流，提升工作效率。目前，我们科室已建立起全院第一个健康管理岗，并在实际工作中起到很好的效果。

"三个优质":服务理念薪火相传

在学校推进"双一流"建设的关键之年,我们肩上的医教研责任更重,更要砥砺前行。

作为科室负责人,我对团队提出了三个"优质化"的观点,使患者从住院到出院,都能感受到全流程的优质服务:一是服务理念优质化,指对待每位患者都要像 VIP 一样,服务到位,充满关心关怀。二是资源利用优质化,指在节约资源的情况下,提质增效,不用太多的药也能达到同样的疗效。三是医疗技术优质化,通过治疗技术和理念创新,提高医疗技术服务质量,患者在其他医院未解决的问题,我们能处理;其他医院能处理的,我们做到更好。

在人才培养方面,我非常重视团队建设。我们鼓励年轻医生在不同亚专科轮转学习,在各个领域得到锻炼;在他们入职后三年内,确保他们有外出进修学习的机会。目前,全员进修的目标,我们组内仅剩两名医生没有完成。

当前,我们仍以结石和输尿管狭窄的治疗为主要方向,并将重点放在提高结石的清除率和降低手术的并发症。我们科室分了 7 个亚专科,要求每个 PI(Principal Investigator,主要研究者)有自己的亚专科方向,计划用三年时间,达到相对成熟的技术水平。

随着泌尿系结石手术越发成熟,预防结石的发生发展是我们重点关注的技术难题。我们将继续围绕泌尿系疾病微创诊治,积极开展科研探索,在治疗泌尿系结石和输尿管狭窄两个方向上精准发力,为推动健康中国做出更多的贡献。

助您拥有一口好牙

受访者：于丽娜

采访者（执笔人）：梁凯涛

采访时间：2023 年 6 月

~~ 于丽娜副教授 ~~

于丽娜，中共党员，留日医学博士，副教授、副主任医师、硕士生导师，现任广州医科大学附属口腔医院研究生党支部书记、口腔预防科副主任、口腔预防医学教研室主任、研究生管理办公室副主任。兼任中华口腔医学会口腔预防医学专业委员会委员、广东省预防医学会口腔疾病防治专业委员会常务委员、荔湾区多宝街道恩宁社区兼职党委副书记。曾获广州医科大学优秀共产党员、荔湾区多宝街道优秀党务工作者、羊城青年好医生、羊城好医生、广州市儿童六龄齿免费窝沟封闭项目定点医疗机构优秀个人等称号，以及广东省本科高校文化素质教育指导委员会课程思政优秀案例二等奖、医联媒体"金牌科普专家"奖等奖项。

2020年，于丽娜副教授荣获"羊城好医生"称号

她受命组建口腔预防科、口腔健康管理中心。她掌握牙周疾病治疗的先进技术，却毅然转到口腔预防领域，让更多口腔医学生爱上预防、致力预防。她致力于全生命周期口腔疾病的预防及健康策略的制定，擅长龋病、牙周病等口腔常见疾病的诊治，以及个性化口腔健康管理、健康科普宣教。

我是于丽娜。2013 年，我博士毕业，从日本回到祖国后，立志要在高校附属医院工作，于是，我来到了广医附属口腔医院。近些年，我十分关注疾病的预防与科普的价值，始终坚持以口腔健康促进全身健康为目标。

广医师生幸福指数节节高

2013 年我加入广医时，学校正好更名为广州医科大学，当时所有的老师都在越秀区的校本部工作，办学规模和空间比较小，新校区还在建设中。

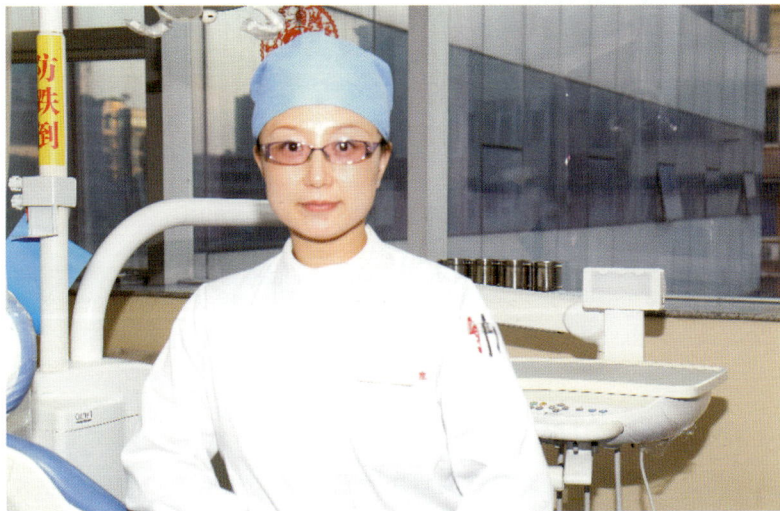

2013 年，于丽娜副教授刚加入广医时的留影

这些年的发展，让我感触最深的有两点：

第一，在追逐一流梦想的进程中，乃至开展"双一流"建

设后，广医人的斗志越发昂扬向上，责任感、使命感更强了。

第二，在长期的实践和创新中，广医形成了南山精神。这是一种强大的榜样示范力量，引领着我逐梦前行。

在学校的带领和支持下，附属口腔医院和口腔医学院也迎来了大跨越：2014 年，获批口腔医学硕士专业学位授权点；2015 年，口腔医学专业通过教育部本科专业认证；2020 年，口腔医学专业获批国家级一流本科专业建设点；2022 年，"三级甲等医院"揭牌。

目前，广医附属口腔医院已发展为一所集医疗、教学、科研、预防、保健于一体的公立三级甲等口腔专科医院。在广州市卫健委公布的市属公立医院患者满意度第三方调查中，医院连续四年排名前二，其中有三年均为第一。

2022 年，在广医高考招生中，口腔医学专业录取分数最高，达 600 分以上；硕士研究生招生时，口腔医学复试首次自主划线，分数线不仅高于国家线，同比也有一定提高。此外，与 10 年前相比，口腔医学专硕招生规模也增长了 10 倍。为了更好地开展研究生管理工作，口腔医学院成立了研究生管理办公室，这是广医系统医院内第一个专门的研究生管理部门。

这是一个多么好的发展平台！幸福源于奋斗，精神滋养心灵，因此说，广医师生幸福指数节节高！

做预防就要充满激情和使命感

广医为我提供医教结合、医研结合的平台，促进我全面发展。

2020 年，我的职业生涯发生了一个重要的转变——从临床诊疗为主，转变到口腔预防保健为主。

于丽娜副教授在诊室阅片

医院非常重视预防，推动成立口腔预防科。我也从牙周诊疗转到了预防领域，我深深感到口腔疾病预防工作任重道远。

从国家层面上来说，国家出台一系列政策，提倡各地大力发展口腔预防医学，强调早期预防的重要性；从流行病学层面上来说，虽然居民口腔健康素养水平和健康行为情况均有不同程度的改善，但仍有很大的进步空间。

相关流行病学调查报告显示，我国居民口腔健康状况喜忧参半：一方面，居民口腔健康素养水平逐渐提高，老年人的存牙情况向好；另一方面，一些数据也不尽如人意，例如，5 岁儿童乳牙患龋率为 71.9%，青少年和中年人的牙周健康率比较低。

此外，口腔疾病与全身疾病的关系是非常密切的，甚至会相互影响。

医院领导觉得我做事很有热忱和激情，因此委派我牵头建立口腔预防科，同时，医院也给予口腔预防科各方面的政策倾斜支持。

2014 年起，我担任牙周科副主任（主持工作），此次转到预防领域，对我而言是重大转变。这也是顺应现代医学发展的趋势：从治疗走向预防。

我深知预防的重要性，即使从零开始，也是甘之如饴，带着激情和使命感，与团队一起去推动这项工作。

做预防就要覆盖全生命周期

有的人认为只有儿童才需要预防口腔疾病，实际上并非如此。其实，成年人同样需要！预防牙周病、预防牙齿缺失，帮助维护良好的消化系统、神经系统……

口腔健康能够有力地促进全身健康。早期预防口腔疾病，就是用最少的经济投入，换来最大的健康收益。

口腔预防工作主要是"请进来"和"走出去"。

"请进来"是指依托本院的口腔健康管理中心、口腔科普基地开展活动，普及口腔保健知识，帮助人们养成良好的口腔卫生习惯。

口腔健康管理中心采取"全生命周期龋病风险评估和口腔健康管理"新技术，开展口腔检查、龋病风险评估、牙周病预防性清洁术以及龋病预防性充填术等项目。

口腔健康科普馆先后获批广东省青少年科技教育基地、广东省科普教育基地，是广州市目前唯一一家以口腔健康为主题的省级科普基地。基地配备有 VR、4D 联动牙椅、全息投影等先进设备。今后，我们将依托科普馆，继续结合"全国科普日"等主题开展系列科普活动和刷牙比赛等重要竞赛活动，探索建设本地化科普网络平台，做强科普阵地，力争建成国家级科普基地。

"走出去"是指我们深入学校进行免费的口腔健康宣教、筛查建档、涂氟、窝沟封闭诊疗等，这是广州市卫健委为适龄儿童提供的民生工程。

广州市儿童六龄齿免费窝沟封闭项目自 2011 年起开展，我院负责荔湾区及越秀区 30 余所小学适龄儿童的窝沟封闭。此外，自 2022 年开始，我院还承担广州市 8 个区约 1.6 万名儿童的试点涂氟防龋项目。每名儿童一年两次涂氟，将防龋工作提前到乳牙期，可以大大降低乳牙龋的发病率。

下一步，我们计划以广州市儿童口腔疾病干预项目为契机，开展涂氟效果的统计分析，对涂氟预防龋病的有效性进行评价，希望能推动儿童口腔疾病干预项目在全市 11 个区全面铺开落地，实现广州适龄儿童全覆盖。

我愿继续"为爱发电"

党的二十大报告指出，"坚持为党育人、为国育才，全面提高人才自主培养质量，着力造就拔尖创新人才"。

作为广医人，我的第一身份是教师，立德树人是我的根本任务。

首先，教师要注重培养学生的家国情怀。我们要引导他们站在健康中国的高度，站在人民全生命周期的大健康视角，去思考我们为什么学口腔的预防医学。

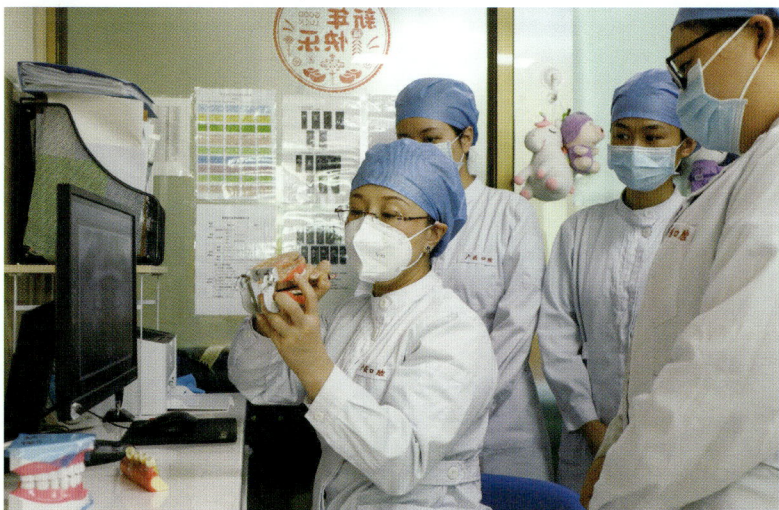

于丽娜副教授在临床指导学生

我对学生说：医生应该要告诉人们懂预防、不得病，用心地做科普宣教，而不仅仅止于诊断和治疗。

对自己而言，教师培养学生是为党育人、为国育才。百年大计，教育为本，为培养担当民族复兴大任的时代新人，我愿意"为爱发电"！

其次，教师与学生之间是相互成就的。学生渴望知识的热情，一直感染着我，促使我保持对学科前沿的敏锐触觉。我与学生之间亦师亦友，除了教学以外，我也经常在生活上与学生交流。

同时，党的二十大报告指出，"坚持预防为主，加强重大慢性病健康管理，提高基层防病治病和健康管理能力"。

于丽娜副教授为群众义诊

未来，我们预防团队会继续坚持"预防为主、防治结合、多学科联合诊疗"理念，积极推广口腔健康教育、生命早期1 000天口腔健康服务，推动将口腔健康检查纳入常规体检，引导各个年龄段的人们都要改善生活习惯，做好口腔健康管理。通过诸如此类的实际行动，为健康中国建设添砖加瓦。

于丽娜副教授在媒体上进行科普宣教

　　我对口腔预防医学充满热忱，经常利用午休时间，做非营利的科普直播、线上义诊。这种方式能突破地域和时间限制，向更多的群众普及口腔健康知识。只要群众需要，我愿意继续"为爱发电"！

传好师德医德的接力棒

受访者：詹丽璇

采访者（执笔人）：梁凯涛

采访时间：2023 年 8 月

～ 詹丽璇副教授 ～

　　詹丽璇，医学博士，现任广医二院神经内科副教授、博士生导师，擅长脑梗死、脑出血等脑血管疾病的诊治以及神经疾病其他常见病、多发病、疑难病的诊治。以脑缺血为主要研究方向，多年来在低氧处理对脑缺血神经保护机制的研究中做了一系列工作。主持3 项国家自然科学基金项目、2 项广东省自然科学基金项目以及多项其他省部级项目。

　　她是"广东省医学杰出青年人才""广州市高层次人才""广州

市卫生高层次重点人才"等称号获得者，获得广东省第一届医学科技进步奖二等奖（第二完成人），兼任中华医学会神经病学分会生化学组委员、中国医师协会神经内科医师分会青年委员等。

她说："广医的神经科学研究所和广医二院的神经内科拥有严谨治学的优良传统，从学生时代到正式走上工作岗位，我一直从中汲取成长的养分，逐渐成长为神经重症专业医师。我会持续将养分反哺更多广医学子，培养更多神经病学的医学人才。"

我是詹丽璇，我与广医结缘已有 22 年——前 11 年是读书求学，后 11 年在广医二院工作，我的整个医学生涯都与广医紧紧相连。

幸遇恩师　传承师德医德接力棒

神经病学是广医的优势学科，广医二院神经内科是广东省临床重点专科，拥有神经致病基因与离子通道病教育部重点实验室、广东省神经科学疾病研究重点实验室等平台。

本科学习期间，我对这一学科产生了浓厚的兴趣，于是，在研究生阶段，我继续选择在广医攻读神经内科专业。就这样，我遇到了影响我一生的恩师——徐恩教授。

徐恩教授是我的研究生导师，他引领着我，让我从一个医学小白，成长为临床、科研、教学全面发展的医师。

徐教授从不拒收患者，无论患者病情有多重、年龄有多大，只要来找到她，她都一定会收。在跟随她学习和工作的 10 多年间，从未听过她说"这个患者没希望了"，她一定是全力以赴的。因此，有些病情严重的患者从外院转来，在徐教授这里得到了很好的救治，这样的案例有很多。

徐恩教授以及陆雪芬教授、曾国玲主任，师德、医德高尚，为学生树立了榜样。

陆雪芬教授（前排中）、徐恩教授（前排右五）、
曾国玲主任（前排左五）与所培养的研究生"五代同堂"

在一代代教师的带领下，团队传承师德医德的接力棒，培养了一大批优秀的神经病学人才。身为教师团队的一员，我同样立志为党育人、为国育才。

"没问题，让他来我们这吧！"

在临床上，我遇到印象最深刻的一个患者，是一名 21 岁的年轻人，他已在外地医院的 ICU 住了一个多月，还上着呼吸机，当地医院诊断他是脑炎。

这名患者的妈妈找到我们，问能不能转来广医二院治疗。

"没问题，让他来我们这吧！"徐教授一如既往地答应了下来。

患者转到我们这里时，上着呼吸机，眼球运动障碍，四肢完全瘫痪。

"格林巴利综合征！"第一次看患者后，徐教授给出诊断。

在 ICU 治疗近两个月后，患者经大剂量激素和丙球冲击、免疫吸附、营养神经、康复等治疗，他脱离呼吸机转入普通病房，尝试封管，但封管当晚出现血氧下降，心跳呼吸骤停了，再次转入 ICU，一周后脱离呼吸机且回到了普通病房。

虽然患者四肢肌力逐渐恢复，但由于上呼吸机四个多月，呼吸肌明显萎缩，胸廓完全没有运动，再加上双肺实变严重，一直封不了管。

后来，他转到广医一院呼吸科治疗，钟南山院士亲自查房，夸奖我们前期的抢救非常成功。又经过一段时间的治疗，患者终于成功封管，现在还能爬楼梯和跑步了。

在回家前，患者和家属到广医二院与我们见面，跟他们一样开心的是我们医务人员。

不久前，广医二院 NICU（神经重症监护室）正式挂牌成立，我主动申请加入这个病区。在 NICU 的压力较大，工作相当辛苦，这恰好符合我的性格——因为我喜欢节奏紧张、具有挑战性的工作，同时，能把患者从死亡边缘拉回来，对于我来说也有一种满足感。

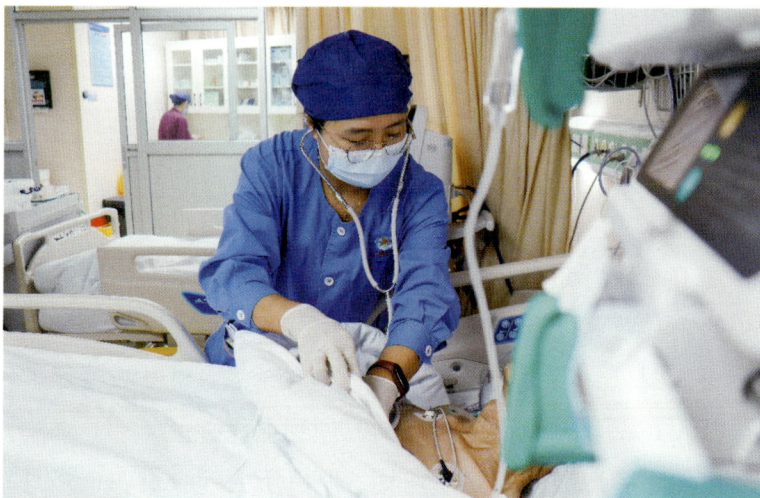

詹丽璇副教授在 NICU 工作

做了两年"硕士后"一点也不亏

除了紧张的临床工作，科学研究也是我的追求。

我于 2009 年硕士研究生毕业，当时徐恩教授尚未招收博士研究生，我因而考取了外校的博士研究生。由于种种客观因素，我未能选上心仪的脑血管疾病方向的导师，那位导师对我说先做科研助理，等待明年的机会。

于是，徐教授跟我说："你去那里做科研助理，倒不如留在广医二院，我们一起努力把课题做好了。做出成果来，我就具备招收你为博士生的条件了。"

本以为我只需要等待一年，然而，这一等就是两年。徐教授向别人介绍我时，说"这是我的硕士后"。

但是，我觉得一点也不亏，反而认为这段经历是非常宝贵的。因为我踏踏实实地做科研，其间还在医院的支持和国家自然科学基金项目的资助下，到德国学习进修。这段时间，尽管经济收入不高，但更重要的是我提升了科研能力，收获了很多科研成果。

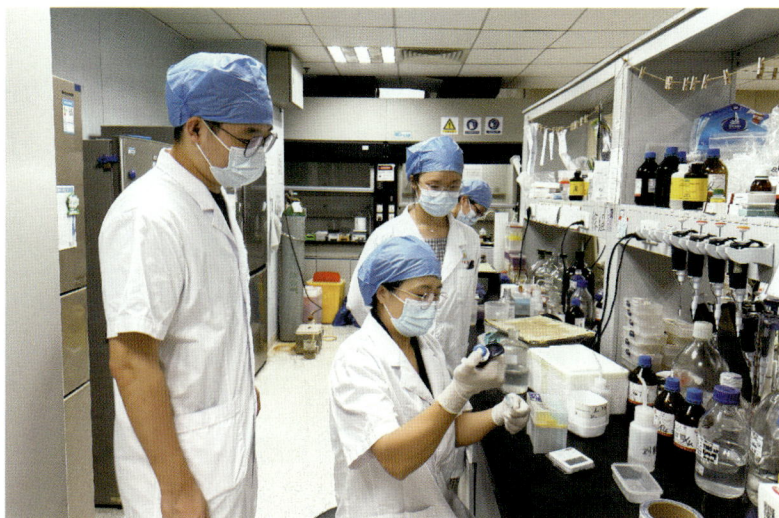

詹丽璇副教授（中）在进行科研实验

在徐教授的带领下，做科研助理的两年以及攻读博士学位的三年，我以第一作者发表的 SCI 论文，影响因子共计 28 分以上。因此，我求职的时候，以神经科学为优势的北京某三甲医院甚至对我说"你不用面试，直接入职"。

最后，我还是选择留在了广医二院，因为这里就是我的福地。

"风雨之后，会有彩虹！"我有时会向学生提到当年的经历，鼓励他们勇敢面对困难与逆境，调整好自己的心态，向着已锚定的目标砥砺前行。

我们研究团队对硕士研究生的期望比较高，通常引导他们在一区或二区的刊物上发表论文。因此，学生不一定能在毕业前就发表文章，可能到毕业以后，文章才发出来，但基本上硕士研究生都能发表影响因子 5 分以上的文章。学生参与的项目，一般都能成功申报国家自然科学基金或省自然科学基金等。

虽然研究任务较重，但学生不会觉得跟着我有很大的压力，可能是因为我不会给他们定下条条框框，比如说一定要什么时候来或者一定要做什么。

我认为导师是引路人，引导学生走上医学之路，并且给予他们一定的自由。学生逐渐产生自觉的动力，喜欢上做研究，喜欢上当医生。

笃定研究脑血管病　助力破解"三高"

党的二十大报告提出，"坚持面向世界科技前沿、面向经济主战场、面向国家重大需求、面向人民生命健康，加快实现高水平科技自立自强"。报告又提出，"促进优质医疗资源扩容和区域均衡布局，坚持预防为主，加强重大慢性病健康管理，提高基层防病治病和健康管理能力"。

脑血管病呈现"三高"特点——发病率高、致残率高、病死率高。

我们团队主要是做脑血管病研究的，围绕该病的预防和治疗开展了一系列工作。

脑血管病研究团队开展义诊活动

在预防方面，团队通过义诊和科普活动，指导群众和基层医务人员提高预防脑血管病的意识，对高血压、糖尿病等高危因素进行干预，从而降低发病率。陆雪芬教授从 20 世纪 90 年代开始就对脑血管病进行一级预防的实践，在中山古镇设立了全国慢病防治示范点。同时，团队对基层医疗机构的医务人员开展培训，使其掌握急症的处理与向上级医院转诊的办法。

在治疗方面，团队围绕脑血管病急性期的救治开展研究，通过低氧处理，在脑梗死、脑缺血后进行脑保护，从而降低脑梗死的严重程度以及致残率。

在徐恩教授的带领下，团队对脑血管病展开一系列研究，近 10 年获得了 9 项国家自然科学基金项目，并获首届广东医学科技奖二等奖。这项获二等奖的成果为"脑缺血预处理和后处理的神经保护机制及相关因素研究"，它通过基础与临床研究，首次采用低氧处理及其他防治策略，对脑缺血后神经保护机制深入探讨，之后又在国内多家三甲医院推广，更新了脑缺血防治观念，取得了较好的社会与经济效益，受到国际相关研究领域的认可。

作为广医的教师和医生，我不仅要自己跑好这一段，更要传好广医师德医德的接力棒，让神经病学的优良医德与精湛技术，成为健康中国的一块闪闪发亮的拼图。

帮助"迟来的生命"萌芽

受访者：安庚

采访者（执笔人）：黄嘉荣

采访时间：2023 年 8 月

安庚副主任

　　安庚，广州医科大学附属第三医院（以下简称"广医三院"）生殖医学中心党支部书记、副主任，生殖男科副主任，主任医师、博士、副教授、博士生导师，广东省杰出青年医学人才、广州市高层次人才（杰出专家）。兼任中华医学会生殖医学分会青年委员，广东省医学会生殖医学分会常委、男科学组副组长，广东省医师协会男科医师分会常委。

　　他长期致力于非梗阻性无精子症的诊断和治疗，以及病因的研究，曾到美国康奈尔大学医学院男科中心进修。在华南地区率先开展 micro-TESE（睾丸显微取精）联合睾丸组织冷冻技术治疗非梗阻性无精子症超过 2 000 例，开展"全球首例"3D 打印阴茎海绵体生物支架修复海绵体缺损并帮助患者成功生育子代，研究成果发表在 *Nature Communications* 等杂志。

他说："我觉得生殖医学是一项创造生命的事业，每一次帮助患者治愈疾病，不仅意味着病痛的离去，更意味着一个'迟来的生命'的萌芽、一个家庭的延续，这给我带来的成就感是无与伦比的。"

我是安庚，从我 2012 年回到广医到广医入选"双一流"迈过的整整 10 年，是广医和我们生殖医学飞跃式发展的 10 年，而我有幸成为这 10 年的亲历者和见证者。

第一次到新校区上课就预感到广医发展的机遇来临了

2006 年，我硕士毕业后来到广州市第二人民医院（现广医三院）工作，那一年医院刚好转入广州医学院，成为广医的一所附属医院，我也从此与广医结下了不解之缘。2009 年，我离开医院攻读博士学位。2012 年，在我博士毕业的半年前，医院的领导找到我，告诉我医院的生殖医学中心准备扩建了，希望我能回去帮忙。

回到广医时，我有两件事情没有想到：一是广医未来十年发展的速度之快、跨越之大；二是广医全体师生员工砥砺奋进的高昂斗志。

搬迁新校区和入选"双一流"是发生在这十年一头一尾的

两件大事，是广医人靠着"艰苦创业、脚踏实地、开拓进取"的精神一砖一瓦干出来的两件大事。

我第一次到新校区上课，就预感到广医发展的机遇来临了。如今入选"双一流"，更是广医再腾飞的重要契机，把握住这个契机，相信在未来的 5 到 10 年，广医会有新的质的飞跃。

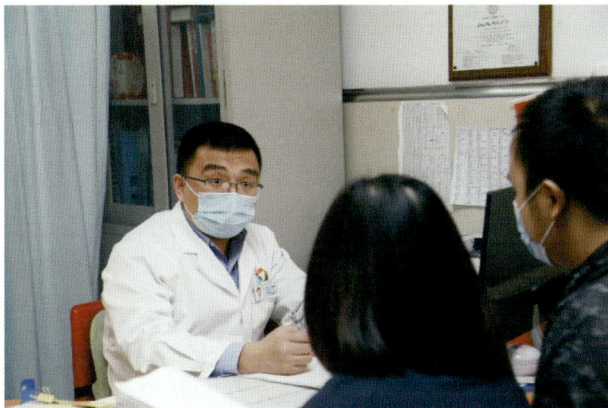

安庚副主任在坐诊

只有抓住每一个能发光的机会，才能再上一个台阶。这是我十年前的想法，直到今天我也觉得当时选择广医是正确的。

"国内首次""全球首例"创新需要敢想敢干

我刚来到广医三院的生殖医学中心时曾一度非常迷茫，中心有男科、女科、胚胎实验室三个方向，男科只有我一个人，而女科和胚胎实验室已经形成很强大的学科基础了。

那时陈敦金教授给予了我许多指导，他现在是我们医院广州妇产科研究所的所长。

聊到学科发展规划时，他对我说："站得更高，才能看得更远，我们的学科发展不能仅着眼省内，目光要看向全国，最终要走向国际。"受到他的启发，对于生殖男科的发展方向，我有了自己的想法。

生殖男科起步较晚，如何脱颖而出？

"从 0 到 1"是创新，"从 1 到 10"是重复，我的战略就是差异化竞争，只有做别人做不到的工作，才能实现弯道超车，于是我铆足了劲要做那个"从 0 到 1"的创新者。

当时国际上开始流行显微手术治疗无精子症，高难度的手术加上昂贵的设备，使得国内相关领域起步较晚，尤其在华南地区更是一片空白。

发现这个机会的时候，我欣喜若狂，在开车回家的路上，笑容就没停过，心想天底下还有这么大的好事能砸在我头上。

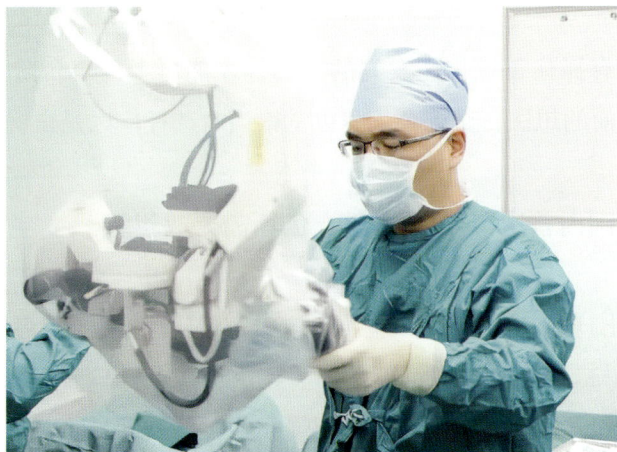

安庚副主任在进行手术

过程非常艰辛，但是我唯一的想法就是必须干成！那时候我白天要看上百个患者，晚上还安排了睾丸取精和睾丸组织冷冻的实验，往往忙完回到家已是凌晨一两点，疯狂的劲头连我的家人都难以理解。

带着这种敢想敢干的劲头，我们团队完成了许多开创性工作，可以说在华南地区的生殖医学领域有了一份属于自己的"自留地"。

我们首先提出了非梗阻性无精子症的改良治疗方案，在华南地区率先开展睾丸显微取精联合睾丸组织冷冻技术，在睾丸显微取精术的基础上，创新地对获取的睾丸组织进行冷冻保存并成功使之复苏和取精。

利用干细胞 +3D 打印技术，完成了"全球首例"3D 打印阴茎海绵体生物支架修复海绵体缺损并成功帮助患者生育子代。

在生殖医学顶级临床期刊 *Fertility and Sterility* 上，发表国内首篇在生殖男科内分泌领域关于 hCG（人绒毛膜促性腺激素）在克氏综合征的临床应用，以及对睾丸显微取精和 ICSI（卵质内单精子注射）结局相关数据的文章，文章还得到了该期刊主编的特邀专栏点评。

此外，我还受邀作为第一执笔专家牵头制定了《睾丸显微取精术围手术期管理中国专家共识》，这是国内首次为 micro-TESE 围手术期管理的规范化、标准化提供参考方案。

安庚副主任（右一）到康奈尔大学医学院男科中心进修

康奈尔大学是行业内的先行者和佼佼者，我也曾到那里进修过。但我是先开展工作，积累了经验、形成了特色后，再去进修。因为我不想单纯地接受别人灌输的知识，那样只能走别人走过的老路，我始终坚持一个想法：不能一直跟着别人的脚步，一定要走出自己的路。

安庚副主任参加第 23 届国际生殖协会联盟世界大会暨第五届浦江生殖医学论坛，并在会上做报告

不能只做手术匠，而要成为临床科学家

我刚开始研究显微手术治疗无精子症的时候，有一位来自新疆的特发性无精子症患者找到我，他曾辗转北京、上海等多地求医，却一直不见起色。最终我们通过新技术成功获取了他的精子，在手术台上告诉他的时候，他不禁喜极而泣。

科研与临床是不可分割的，把在临床中发现的新问题转化为科研立项，把在科研中发现的新成果转化为临床应用，最终目的都是让患者受益。

要做临床科学家，把科研和临床融合在一起，而不能成为一个临床手术匠，这是我的坚持，也是我对团队的要求。

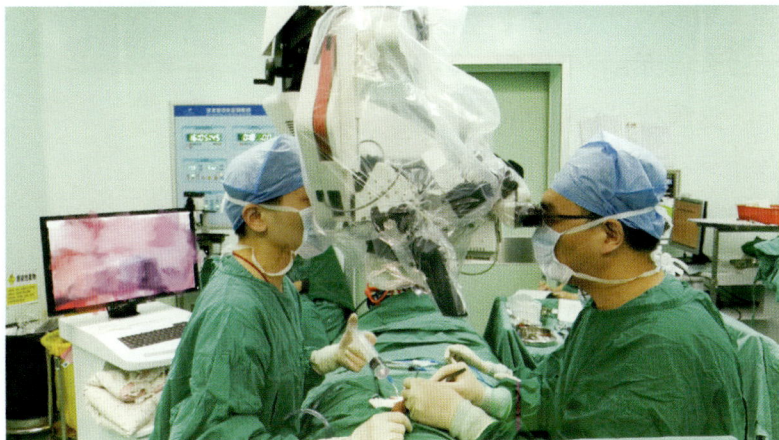

安庚副主任（右一）为患者做手术

从临床手术匠向临床科学家转型，广医给我提供了巨大支持。

我在临床上看到很多男性因为海绵体损伤而失去性生活和生殖能力，而海绵体的修复一直是临床医学与科学研究的难题。

我想到通过 3D 打印的方式修复海绵体，这是一次医工结合的尝试。相对于硬组织的 3D 打印，重建海绵体这类软组织的 3D 打印更难，苦于团队的科研基础比较薄弱，人手也相对不足，我一度陷入了独木难支的困境。

在学校和医院的支持下，我找到了材料学的专家，共同研究构建了具有多尺度多孔结构的仿生 3D 打印水凝胶支架，制备了在结构和力学上与天然海绵体匹配的生物材料，终于完成了"全球首例"3D 打印阴茎海绵体生物支架修复海绵体缺损并使患者成功生育子代。

这项技术对阴茎海绵体重建、恢复男性生殖能力具有非常重要的临床应用价值，将真正帮到那些阴茎畸形、发育异常和阴茎海绵体损伤的男性。

安庚副主任在中华医学会第十六次全国
生殖医学学术会议上做报告

一个人可以走得快，但靠团队才能走得远

这十年里，我自己在招收研究生，同时也负责生殖男科的人才招聘，过去我们招收的学生大都来自华南地区。

　　但是近 5 年来，随着广医知名度和学科水平的不断提升，生源质量也在不断提高，全国各地顶尖高校甚至一些院士的学生都会专程来我们这儿参加面试。

　　这些学生的领悟能力和创新能力非常惊人，在学习和科研中能够做到举一反三，做出的成果往往超出想象。

　　在一项关于代谢与精子关系的研究中，需要强大的数据分析能力和对疾病的理解能力，我们一度遇到瓶颈。而我的一位学生数学非常好，他根据已有成果，重新编写了一个数据计算模型，快速解决了研究中的这个巨大难题。

　　学生和导师是互相成就的，优秀的学生会激发导师的动力，让导师一些独特的想法和构思有了实现的可能。

安庚副主任和即将毕业的学生合影

作为科室学科带头人之一，我会将资源向科室内的优秀年轻人倾斜，希望建立一支科学合理的人才梯队，培养后来者。

一个人可以走得快，但靠团队才能走得远，学校"双一流"建设需要更多的年轻人。

骄傲、感激和更大的责任

作为广医人，亲身参与广医从一所规模较小的地方院校到入选第二轮"双一流"建设高校的发展历程，我觉得很骄傲。同时也时刻心存感激，我取得的一切成果，都离不开学校和医院的支持。

随着知名度和学科水平的不断提升，广医肩上的担子也越来越重。如果说钟南山院士带领的呼吸病学是"高峰"，那么通过学科共建，广医正在力争形成学科"高原"，充分发挥大学服务社会的职能，为地方的经济社会发展做出更大的贡献。

党的二十大报告提出，"优化人口发展战略，建立生育支持政策体系，降低生育、养育、教育成本"。

作为生殖医学中心的党支部书记、副主任和生殖男科副主任，我觉得自己责任更重大了，除了为患者提供高水平医疗技术辅助生殖外，通过科普让优生优育的理念扎根大众心底也是我们的重要任务。

从 2014 年开始，我们每年在广州开展约 12 场青春期性教育进校园活动，为青少年学生科普如何与异性正常交往，早恋、早婚、早育的危害，青春期的生理卫生知识，等等。

此外，我们在临床中发现，不少寻求辅助生殖的夫妇对生殖助孕存在误解、担忧，于是我们制作了《生殖科的故事》原创科普漫画，围绕科学备孕、生殖健康、不孕不育治疗等硬核医学知识进行科普，希望通过漫画这一生动活泼的方式，向社会正确科普辅助生殖技术。

《生殖科的故事》原创科普漫画

让医学大树扎根更深、更实

受访者：郑国沛

采访者（执笔人）：黄嘉荣

采访时间：2023 年 10 月

郑国沛研究员

郑国沛，广州医科大学肿瘤研究所副所长、呼吸疾病全国重点实验室 PI，医学博士、研究员、博士生导师，是"广东特支计划"科技创新青年拔尖人才、广州市高层次卫生人才（医学重点人才）称号获得者，获批广东省自然科学基金杰出青年基金项目、广州市科技创新人才专项（珠江科技新星专题）等。

主要从事恶性肿瘤的发生、治疗耐受和转移的分子机制研究，探讨肿瘤微环境在上述肿瘤生物学行为中的作用及机制，从而鉴定新而有效的肿瘤预测或治疗靶标。主持国家自然科学基金项目 4 项。研究成果发表在 *Nature Communications*、*Clinical Cancer Research*、*Cell Death & Differentiation* 和 *Molecular Cancer* 等杂志。

我是郑国沛，2011 年我跟随导师来到广州医科大学附属肿瘤医院（以下简称"附属肿瘤医院"），从零开始建设广州市肿瘤研究所，如今已有 12 个年头。这 12 年间，广医取得了许多振奋人心的成绩，作为广医人，我与有荣焉、倍感骄傲。

振奋人心的时刻很多，但最让人激动的始终是……

我在 2013 年 9 月以博士后身份正式加入广州医科大学，但早在 2011 年我就跟随导师贺智敏教授来到附属肿瘤医院，参与了广州市肿瘤研究所的建设工作。

附属肿瘤医院位于广州越秀老城区里，当时交通不太方便，我记得第一次来的时候，我和同门师兄下了火车，乘着出租车穿街走巷，好一会儿才到达。

研究所刚刚起步，实验室里也是空荡荡的，人员、仪器都还没有完全到位，在这种情况下，我跟着贺老师开始了工作。

10 年来，学校所取得的跨越式发展，让我们非常振奋。广医从一所地方医学院成长为国家"双一流"建设高校，许多历史性的时刻仍历历在目。

2013 年由广州医学院更名为广州医科大学；2014 年番禺新校区投入使用；2015 年入选广东省高水平大学建设行列；2019 年 12 月新冠疫情以来，以钟南山院士为代表的广医人，全身心、全链条投入疫情防控工作，为守护人民生命健康贡献了广医力量，得到了社会各界的认可，钟院士被授予"共和国勋章"。当然，最令人兴奋激动的还是 2022 年广医入选国家第二轮"双一流"建设高校行列。

学校和医院在飞速发展，肿瘤研究所也乘着东风，不断稳步前进。研究所搭建起了较完善的软硬件平台，能顺利开展肿瘤学中的细胞生物学、分子生物学等相关领域的绝大部分实验。团队多位成员入选"广东特支计划"科技创新青年拔尖人才、广州市羊城学者等省、市级人才项目，培养的博士和硕士超50人。

郑国沛研究员在指导学生进行科研

未来十年，希望学校在治理体系现代化、高水平科研平台建设、人才引进和培养、招生和教学工作、学科交叉融合等方面取得新的飞跃。

由"叶"寻"根"　从临床医学到基础医学

基础医学和临床医学是不可分割的整体，二者就像一棵树的树根和枝叶，只有根基扎实了，医学这棵大树才能枝繁叶茂。

我本科是临床医学专业的，读研时才转去做基础研究。目前我本科同年级的同学中，大部分都留在了临床岗位，只有我从事基础研究工作。我并不是一开始就想从事这方面工作的，本科选择临床医学的时候，我和其他同学一样，心情澎湃，憧憬着成为一名救死扶伤的临床医生。

但在实习期间，真正接触临床后，我发现许多疾病的致病机制尚不明确，为什么会出现这种症状？什么导致了这种疾病发生？临床上仍存在许多谜团。

正是因为这些谜团的存在，我们过去对肿瘤这类疾病的治疗效果往往不太理想，找不到最合适的治疗方向。我觉得，临床上根据指南用药，使用成熟的方案治病救人固然很重要，但从事基础研究，阐明疾病的发生机制，寻找新的治疗靶点，开发新的更好的治疗方法，也非常重要。带教老师们非常赞同我的想法，想要治疗肿瘤这类疾病，就必须

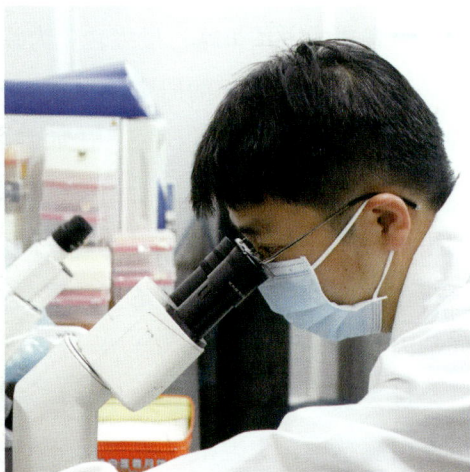

郑国沛研究员在实验室

搞清楚它最底层的东西。

基础研究的路是漫长的，成就感也不如临床上治病救人那样来得直观，但基础研究的每一个成果、每一项突破都让人类在未知世界的探索中又往前迈进了一步，这种喜悦是独一无二的。而我刚好是比较喜欢安静、沉得住气的性格，因此就走上了这条路。

现在很多人讲要培养"临床科学家"，这点我非常赞同，临床诊疗需要有科研思维来指导工作，基础研究也要以临床问题为导向，最终目的是促进医学发展，更好地为生命保驾护航。

AI 赋能、医工融合　"精准"成为肿瘤治疗关键词

我们团队的主要研究方向是恶性肿瘤发生、转移及治疗耐受的分子机制，简单地说，就是找到恶性肿瘤的治疗靶点，进一步证实其在肿瘤发生发展中起到的作用，并基于这些靶点开发基因表达的干预策略，最终转化为临床应用。

我们对生命科学的研究，在很大程度上就是对蛋白质和核酸等关键生物大分子的研究，比如肿瘤的发生发展，与原癌基因的激活和抑癌基因的失活相关，归根结底它们都是通过相应的蛋白质来发挥功能的。因此，我们要开发靶向药物，就必须解析蛋白质的结构，弄清楚蛋白质究竟是起到激活还是抑制靶向基因表达的作用。

过去我们常常通过 X 射线、核磁共振及冷冻电镜等方法解析蛋白质结构，失败率很高。现在 AI 技术逐渐兴起，可以高效率、高信度地预测蛋白质结构，帮助科学家们探索那些尚未解

析结构的蛋白质，揭示它们在生命体内发挥什么作用，以及如何与其他分子相互作用。

这将给生命科学研究领域带来巨大改变，在 AI 技术的赋能下，肿瘤的精准治疗肯定会快速推进。

郑国沛研究员在指导学生进行科研

学校在 2022 年成立了生物医学工程学院，中国科学院院士徐涛担任院长，我对他们材料学方面的研究非常感兴趣，相信我们未来会有医工融合的合作。

在我们的一项研究中，构建转基因模型时发现，把某个基因敲除后，小鼠自发形成了淋巴瘤，这是非常罕见的，可能是目前学术界第一个由单个基因改变而引起自发淋巴瘤的动物模型。

接下来，我计划开发一种新的小分子化合物载体，通过口服方式把药物"递送"至肿瘤，精准作用于该靶点，干预其基因表达，以达到抑制肿瘤生长的目的。这是我未来的主要工作之一，希望能尽快完成转化并应用到临床。

前提是热爱　关键是创新　在医学基础研究领域汇聚更多广医智慧

学校入选国家"双一流"建设高校行列，对于每一位广医人来说都是非常值得骄傲的事情，这是广医前所未有的发展机遇。过去，钟南山院士常常勉励我们"承认落后，不甘落后，卧薪尝胆，告别落后"，广医人的脚踏实地造就了这十年的弯道超车。

但我们也应该认识到，未来十年的任务一定比过去十年更重，我们要继续以广医人精神和南山精神为指引，在新征程上努力做出新的更好的成绩，为广医发展贡献自己的一份力量。

党的二十大报告提出，"坚持面向世界科技前沿、面向经济主战场、面向国家重大需求、面向人民生命健康，加快实现高水平科技自立自强"。

目前，我国在医疗卫生领域仍面临一些"卡脖子"问题，迫切需要我们加强基础研究，从源头和底层解决关键技术问题。高校要充分发挥培养基础研究人才的主力军作用，全方位谋划基础学科人才培养，源源不断地造就规模宏大的基础研究后备力量。

高水平的基础研究来源于高水平的创新型人才，在研究生教育方面，我着重培养学生的四种特质：热爱科研、勤奋努力、勇于创新、团结合作。

其中，热爱科研是前提。基础研究是一条漫长的路，我希望他们能培养对科研工作的热爱，摒弃浮夸、去除浮躁，坐住坐稳"冷板凳"，在这条路上一直走下去。

勇于创新是关键。在基础理论上创新，我们才能够开展有竞争性的应用研究。我在组会上常常跟学生说，我们做科研要以临床问题为导向，要开放思维、勇于创新。

我希望我的学生能成长为适应国家未来发展需要、堪当民族复兴重任的时代新人，在医学基础研究领域汇聚更多广医智慧，共同为科技强国建设贡献广医力量。

引导学生系好"第一粒扣子"

受访者：张建

采访者（执笔人）：梁凯涛

采访时间：2023 年 11 月

张建副教授

　　张建，中共党员，广州医科大学马克思主义学院副教授、硕士生导师，主要从事马克思主义理论、党史党建等领域的教学和研究工作，主持国家社会科学基金一般项目、教育部人文社会科学研究青年项目、广东省哲学社会科学规划学科共建项目等科研项目。在国内外核心刊物发表多篇学术论文，曾获广东省高校思想政治课青年教师教学基本功比赛二等奖、广州市思想政治理论课十佳宣讲教师称号等荣誉。他是广州市思政课教师宣讲团成员、广州市青年马克思主义理论人才培养研究重点基地成员。

"中国化时代化的马克思主义行！"谈到马克思主义，他眼里有光，字里行间是他的坚定信仰。在广医，他帮助学生系好"人生的第一粒扣子"，推动思政课堂的创新转化，积极实现思政与实践相结合并落地生根。他是医文相融的实践者，帮助学生成为"大写的人"。

我叫张建，很幸运地，我把对马克思主义的信仰与热爱，变成了我的工作与一生的事业。8年前，因为信仰，我选择成为一名马克思主义的教育工作者；8年来，因为热爱，我坚持立德树人根本任务，收获了思政育人与医文相融的宝贵工作经验，也见证了广医"双一流"大学建设的跨越式发展。

思政"青椒"的"更上一层楼"之路

2015年12月，我幸运地加入了广医大家庭，到马克思主义学院工作。崭新校园的活力与我初为人师的喜悦交织碰撞，成为我这些年来成长的最初情感动力。

当时，作为思政"青椒"的我，有幸获得前辈的榜样引领。钟南山院士说："我们的学生要成为一个顶天立地为人民的人才。"这于我而言，就是做好研究、服务好学生、帮助他们成人成才。

尽管我没有与钟院士直接交流过，但聆听过他几次精彩的讲话，看到过在他上课时广医学子的追星盛况，更了解他敢医敢言的大爱故事。我想钟院士对我最大的影响就是他的精神。这些对我产生了潜移默化的影响，使我能够在学术研究上追求卓越，在课堂教学中精益求精。

张建副教授在讲授马克思主义基本原理

乘着"双一流"的"东风"，怀揣信仰的我"扬帆起航"。

2019 年，马克思主义学院入选"广州市青年马克思主义理论人才培养研究重点基地"，成为广州地区 16 家基地之一。这一平台不仅包含市属高校，而且是广州地区高校都可申报的。入选其中，体现了广医思想政治教育所取得的成果，同时也为青年教师的成长提供了更高级别的平台。由此，我的工作得到了更多的支持，更能投入思政教育创新与研究之中。

张建副教授在办公室工作

　　入选"双一流"建设高校行列，学校获得了更多发展的资源，全面整体意义上的高质量发展是必由之路。不仅是在临床医学学科建设上，这对于广医所有学科都是一个重要的推动力。

　　这给了我很大的信心，凭借一流平台的支持，广医的马克思主义研究和思政教育能够"更上一层楼"。前不久，我主持的课题"罗莎·卢森堡无产阶级政党建设思想及其当代价值研究"，获批 2023 年国家社会科学基金一般项目立项。

让学生既"抬头"又"做主"

　　深耕思政教学与研究的动力，来源于我坚定不移的信仰。我所信仰的马克思主义，不是教条与背书，是用具有真理性和科学性的方式阐明对人和世界的理解。激情来源于热爱，我希望将这种信仰的力量传递给更多的人。

在信仰与激情的推动下，我深刻思考"思政课程应该如何教书育人"的问题。

在某些人的印象中，思政课就是"讲大道理"，"讲大道理，我肯定就不爱听"。对此，我为思政课堂引入了一些新元素，提升学生的"抬头率"。

第一是分享课。常言道"教学相长"，教师讲课要与师生互动相结合。在理论学习中，我鼓励学生读经典，以小组汇报的形式，推动学生去挖掘自己感兴趣的内容，与大家分享感悟。因此，每个学期我都会布置一个作业——请同学们阅读马克思主义经典文献，然后在课堂上进行展示。

第二是实践课。我会让学生探访位于广州的爱国主义教育基地，然后在课堂上分享见闻与思考。比如在广州的杨匏安旧居陈列馆，展出了华南地区系统介绍马克思主义的第一人杨匏安的事迹，同学们就可以去实地参观学习。在历史文化与人文底蕴的熏陶下，学生能够真正理解书本的知识，主动参与思政的学习与实践。这样一来，同学们获得了自主权和参与感，真正做自己"学习的主人"。

第三是更鲜活。有一首说唱歌曲叫《马克思是个90后》，这是思政理论时代化的一个生动写照。其实理论并不是古板的，关键是我们怎样将它讲得更生动鲜活。讲青年大学生听得懂的理论，这是我的课堂所努力的一个维度。马克思主义百年发展，历久弥新，很重要的一个基因就是与时俱进，就是面向现实人的现实生活。在新时代，马克思主义基本原理必须回应时代热点、理论难点和学生关注的焦点与痛点。

课堂上,我会引导青年学生以马克思主义的立场、观点和方法分析讨论"躺平与躺赢"背后的世界观、"双 11"购物节背后的消费主义、"人工智能"折射出的人与机器关系命题等。这样,马克思主义就时代化生活化了。

引导学生成为一个"大写的人"

习近平总书记在致信全国优秀教师代表时,首次提出并深刻阐释了中国特有的教育家精神的时代内涵。

我认为,教育工作者,特别是思政课教师,必须有坚定的政治信仰和崇高的理想目标,始终以习近平新时代中国特色社会主义思想为指导,回答好"为谁培养人""培养什么样的人""怎样培养人"的教育根本问题。

"医文相融"是广医的办学理念,也是医学与人文学科相互支撑与借鉴的必由之路。钟南山院士经常教育我们"学做人,学做事",学做人放在首位,然后才是学习专业技能。

在教学工作中,我会引导广医学子成为一个"大写的人",也就是一个完整意义上的人,而不仅仅是流水线上的机器或产品。

张建副教授在讲授思政课

一是做"有温度的知识分子"。我希望他们在学习医学知识的同时，能够培养家国情怀与人文精神，能够自觉地将个人理想与祖国发展的目标结合起来，能够关怀患者以及有需要的人。

二是做"终生的运动者"。所谓"文明其精神，野蛮其体魄"，我们要把知识技能学习与体育锻炼结合起来，努力做到"为祖国健康工作五十年"。

三是做"优雅的生活者"。接受和正视生活的困难与挫折，客观地分析问题，主动去解决问题。

许多同学的成长让我欣慰。有的同学告诉我，她像我一样满怀激情投身教育行业。有一名临床医学专业的学生，他在每一个阶段都会与我分享，比如保研了、考博成功了……这是一种家人般的温暖与信任。

尽管人文社会科学在 SCI 论文或某些指标上，其成果很难直接体现出对学校学科建设的贡献，然而，我们的目标就是着力于培养完整意义上的人，帮助学生成为德智体美劳全面发展的社会主义建设者和接班人。

开辟马克思主义中国化时代化的新境界

党的二十大报告提出，"用社会主义核心价值观铸魂育人，完善思想政治工作体系"。

作为马克思主义理论的研究者和思想政治理论课教师，我学习贯彻党的二十大精神，要将马克思主义中国化时代化的最新成果，融入立德树人的各个环节。

我主要关注党的二十大精神的两个话题：一是开辟马克思主义中国化时代化的新境界，习近平总书记指出"中国共产党为什么能，中国特色社会主义为什么好，归根到底是马克思主义行，是中国化时代化的马克思主义行"，我在《马克思主义基本原理》课堂上就要通过阐释为什么"马克思主义行"来贯彻党的二十大精神；二是习近平新时代中国特色社会主义思想的世界观和方法论，也就是"六个坚持"。

马克思曾指出："哲学家们只是用不同的方式解释世界，问题在于改变世界。"因此，对于习近平新时代中国特色社会主义思想的学习，我们应该主动把"六个坚持"与学校"双一流"建设和高质量发展结合起来，与时代新人培养结合起来，与每个个体的美好生活建构结合起来。

这些内容是人才培养的核心理念，也是思政课教师应该传递给青年大学生的世界观和方法论。

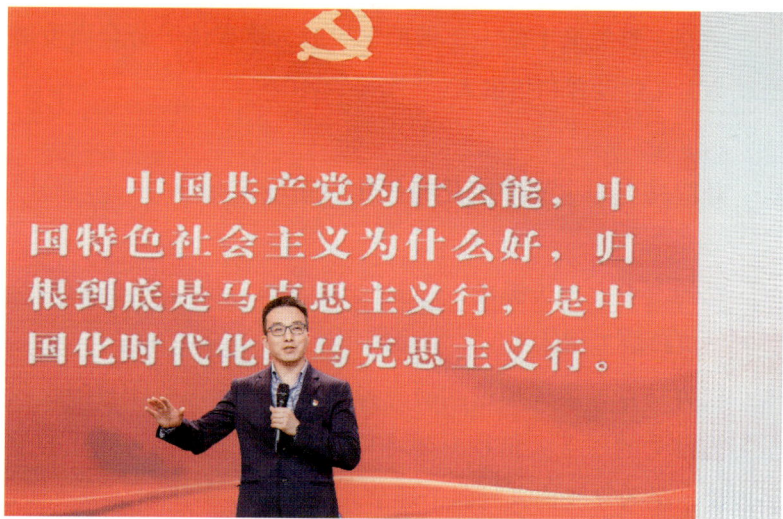

张建副教授受邀参加"思政讲习堂"

此外，在广医这所"双一流"建设医学院校，要上好思政课，就要彰显广医文化与医学特色。

广医的思政课有着独特魅力，既体现思政课的一般规律，又拥有医学人文特色。比如"书记校长思政第一课"，课堂从临床医学、预防医学、生物医学工程等学科，切入思想政治教育。我观摩学习医学视角下的思政课程建设后，想要创新医学特色的思政教育这一念头，在心里不断生根发芽。

在教学方面，我将传承与弘扬大学精神。充分挖掘、利用和建构广医的精神文化资源，坚持以广医人精神和南山精神为核心，弘扬在重大公共事件中涌现的事迹和大爱。

在实践方面，我将继续致力于大思政建设。一方面，继续投身学校和学院的思想政治理论课改革创新，打造广医思政金课；另一方面，继续参与课程思政与思政课程的互动实践，积极参与马克思主义学院与其他学院的结对共建活动，为推动基层党建和学院文化建设贡献思政课教师的力量。

作为广州市思政课教师宣讲团成员，我曾登上广东电视台、广州电视台的节目，围绕"中国梦 我的梦"和"中国特色社会主义为什么好"进行宣讲，还受邀到一些政府机关和大学、中学开展宣讲，打通理论传播的"最后一公里"。

除了面对广医师生，我们思政教育工作者还要进入社会思政大课堂，面对更广的社会受众进行宣讲，让党的创新理论"飞入寻常百姓家"。

用 N 种方式解锁"医""师"培育之路

受访者：何泓

采访者（执笔人）：丁惜洁

采访时间：2024 年 1 月

何泓副教授

何泓，医学博士、哈佛大学医学院博士后、副主任医师、副教授，现任广医三院妇科副主任、妇产科学教研室副主任，擅长妇科良恶性肿瘤及妇科疾病的诊治。

近 10 年，她在 SCI 及核心期刊上发表论文数十篇；作为主编、副主编出版专著 3 部；主持和参与国家自然科学基金项目、省市级教学科研课题 10 项；主持省级一流本科课程。曾获 2022 年感动广州的最美教师、广州市优秀住培带教老师、第七届羊城好医生、广东省第五届高校（本科）青年教师教学大赛（医科组）二等奖等荣誉和奖励。率先在国内将个体化 3D 打印模型应用于复杂型胎盘植入患者的子宫切除术，帮助发生复杂型胎盘植入的产妇产下婴儿，并成功对其进行子宫切除术。

她曾担任贵州省安顺市妇幼保健院帮扶副院长、妇女保健部主任，在 13 个月的对口帮扶工作中，助力当地妇幼保健医疗机构建设和基层医疗人才培养；推动安顺市适龄女性的"两癌"筛查工作，惠及约 42 万人。2022 年，她获得安顺市五一劳动奖章。

我叫何泓，2012 年，我来到广东，加入广医，成为广医三院的一分子，感受到兼容并包的氛围。十余年来，医院在医教研方面都取得了突飞猛进的提升，作为大学附属医院，我们的人才培养力度不断加强、培养模式逐渐形成体系，这令我感受最为深刻。

广医三院妇产学科逐渐迈上新台阶

初入广医三院时，临床医生相对较少。2014 年，国家卫计委发布《住院医师规范化培训管理办法（试行）》，广医三院成为最早一批入选定点单位的医院。此后，在广医三院接受临床规范化培训的学生逐渐增多，广医三院作为教学医院的特点越来越鲜明。

根据中国医学科学院发布的 2021 年度中国医院科技量值（STEM）榜单，广医三院妇产学科位列全国第 18 位。

何泓副教授（中）在与同事进行病例讨论

广医人才济济，比如，临床上，陈敦金教授、生秀杰教授医术精湛、甘于奉献，他们教我怎么做一个好医生；科研上，范勇教授、晏光荣教授、赵杨教授、杜丽丽教授等刻苦钻研，在实验中耐得住寂寞，是我的榜样；教学上，刘翔副教授、白洪波副教授、张建副教授、邓广斐老师等对我给予了很大的帮助，在教学方法打磨、课程思政建设等方面，我会向他们请教探讨。

近年来，广医进入本科一本招生、入选"双一流"建设高校行列……随着学校发展不断迈上新的台阶，各类学科体系逐渐完善，交叉学科资源为我们妇产学科的发展提供了更加强有力的支持。

挖掘"天赋"　主动带教

　　来广医后，我主动争取了临床带教的任务。我认为，作为医生和临床教师，培养下一代医学人才十分重要。

　　学校非常重视教学，提供了很多平台，鼓励年轻教师展示自己，比如定期举办教师技能大赛、培训、讲座等。尤其对于妇产科，我们要考虑怎样把技能传授落到实处，带给学生真正受用的临床课程。

　　2018 年起，我开始参加学校的青年教师授课比赛，当时，我还没有意识到，自己在授课上竟有点小小的"天赋"。2020年，我获得了广东省第五届高校（本科）青年教师教学大赛（医科组）二等奖。此后，我将重心转移到年轻教师的培养上。

　　如何将教师的角色演绎好，是对年轻临床医生提出的新课题。我相信教学相长，经验的沉淀是很重要的。备好一堂课的过程，相当于重新总结了整个知识体系。

何泓副教授（右二）在集体备课现场

对此，我牵头主持集体备课，提前将教师们一学期的授课内容进行梳理把关。我们还要求新教师进行课程试讲，展示PPT、教案等内容，并邀请不同学科的4位教学经验丰富的专家担任评委，从专业内容、授课思路、演讲风格、呈现形式等各方面，对新教师的试讲情况进行内部评议。

专家组打分全部通过后，新教师才能走上讲台。我们希望通过多种方式做好带教工作，帮助年轻教师成长，努力培养出一批好苗子。

近年来，我们团队累计培育全国优秀教师、全国优秀住院医师带教老师、南粤优秀教师各1人，感动广州的最美教师2人，省级教学团队1个。科室青年医师有广东省省级"千百十工程"人才、青年珠江学者、优秀青年基金获得者各1人。

团队教师获全国讲课比赛三等奖和最佳教案奖、全国微课比赛最佳设计奖，多媒体教育软件《妊娠期高血压疾病》获第十三届全国多媒体教育软件大奖赛三等奖，《妇产科学》获广东省网络课件二等奖。

我们团队编写国家规划教材4本，获省级教学课题8项。获国家自然科学基金重点项目2项、科技部重大专项7项、其他国家级项目10项，发表SCI论文257篇。

把重症孕产妇救治体系"扛"到安顺实现孕产妇零死亡

2021年8月，我前往贵州省安顺市妇幼保健院，开展为期13个月的医疗帮扶工作，我负责妇女保健部的建设工作，整合安顺妇幼妇科、乳腺科、妇女康复中心、健康管理中心，创立泌尿外科等科室，实行妇女保健工作一体化管理。我主要完成了品牌门诊打造、医疗专业培训、"两癌"筛查落地等工作。

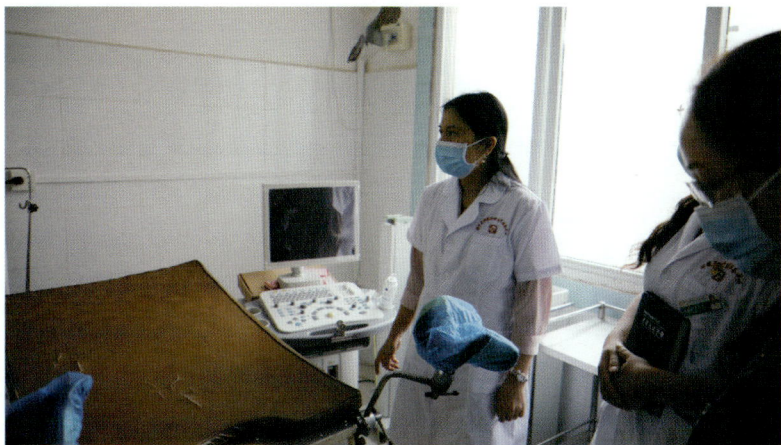

2021 年 8 月，何泓副教授在紫云县妇幼保健院
开展基层妇幼卫生健康服务情况调研

当月，安顺市卫生健康局和粤黔协作工作队安顺工作组牵头，组织广医三院、安顺市妇幼保健院专家团队赴安顺市下辖 6 个县区 14 家医疗机构，开展"安顺妇幼直通车"调研活动，深入了解安顺市妇幼保健工作的现状和需求，我作为专家团中的一员参与调研。

原帮扶工作方案中包括 40 个帮扶项目。通过调研，我们为安顺市妇幼保健院及安顺市制订了针对性的帮扶工作方案，增加了 6 个项目，梳理了"管理帮扶项目""专业技术管理项目""特色项目"三大类目。目前，34 个项目已在运营，并计划在五年内逐步推进。

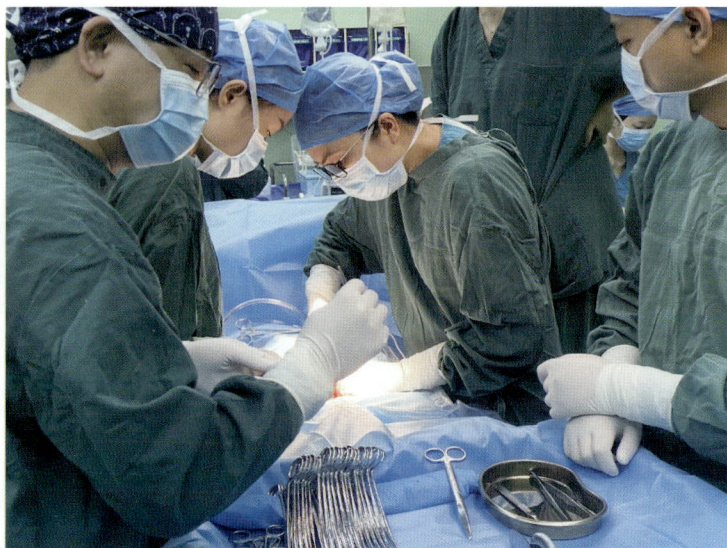

2021年9月，何泓副教授在安顺市妇幼保健院
进行高难度妇科癌症根治手术

为提升服务质量，我们倾力打造不孕不育专科、更年期专科、助产士门诊、宫颈病变专科门诊、"糖妈妈"管理团队、产房紧急手术间、中医妇科门诊等几个重点品牌。

为解决患者旅途奔波和经济负担，我牵头搭建了MDT（多学科诊疗）门诊，通过远程视频，与广州的资深专家讨论特殊病例，为患者量身定制合适的方案。

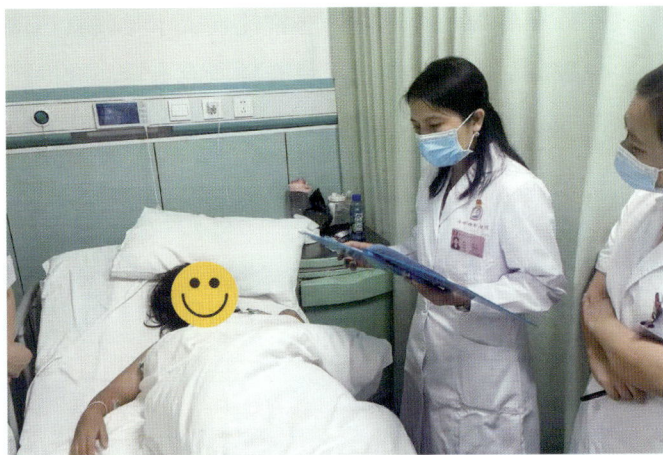

2021 年 10 月，何泓副教授在安顺市妇幼保健院
开展病区查房并进行远程 MDT 会诊

同时，积极推动广医三院与安顺市妇幼保健院建立"不孕不育专科联盟""耳鼻咽喉头颈外科专科联盟"，弥补了安顺相关外科领域的空白。

在我们团队的努力下，安顺市妇幼保健院获批贵州省临床重点专科建设单位（不孕不育专科）、贵州省妇幼保健特色专科（更年期保健专科）、贵州省医学重点学科建设单位（妇产科）。

工作中，我们发现重症孕产妇和新生儿的救治是当地相对薄弱的环节。对此，我们加大对安顺助产机构的培训，将来自当地各医疗机构的 52 名护理骨干、22 位医疗骨干，分批次送到广医三院，进行为期一个月的高强度培训。每名学员分配一名指导老师，进行一对一授课，内容涵盖临床、教学、科研、管理几大内容。

陈敦金教授是在国内提出重症孕产妇救治体系的第一人，

这套模式在广东省内已经运行得非常流畅，于是我就把这套模式"搬"到安顺去了。我们几乎将安顺所有有资质的助产机构都培训了一遍，检查并纠正他们在实际操作中做得不到位的地方。

2021年11月，何泓副教授在安顺市妇幼保健院举办的安顺柔济母胎医学临床实用技术论坛上介绍经验

此外，我们邀请国家卫健委王爱玲教授、北京大学第一医院杨慧霞教授等38名国内妇产科领域的顶尖专家，开展线上线下相结合的高水平学术论坛，宣讲母胎医学临床实用技术，活动吸引了全国超14万名学员参加。

2022年上半年，安顺市孕产妇实现零死亡，新生儿死亡率较上一年度下降0.27‰。当前，我们和安顺市妇幼保健院的一对一培训项目仍在持续。

调研期间，我们还发现，安顺市高发宫颈癌和乳腺癌。在安顺市卫生健康局、粤黔协作工作队安顺工作组和我们的共同推动下，安顺市妇幼保健院牵头对全市适龄女性免费开展了"两癌"筛查。

一方面，我们携安顺市妇幼保健院预防保健科、妇科、乳腺科、病理科、特检科专家，走进下辖县区承担筛查工作的妇幼保健机构，培训讲解筛查的要点和重点，提高基层人员的专业知识和业务水平。

另一方面，我们帮助当地制订筛查方案，并通过试点运行，理顺"两癌"筛查在乡镇、街道实施过程中的具体流程，推动筛查工作有效实施。

党的二十大报告指出，"促进优质医疗资源扩容和区域均衡布局，坚持预防为主，加强重大慢性病健康管理，提高基层防病治病和健康管理能力"。

为学习贯彻党的二十大精神，我将继续推进"两癌"筛查工作，促进疾病预防和基层医疗卫生管理能力提升。我申请的"两癌"筛查相关课题项目获东西部协作资金和贵州省乡村振兴基金会资金项目支持。今年已是安顺"两癌"免费筛查三年行动开展的第二年，该行动覆盖人数预计可达 42 万。

重点发力　演绎好"医""师"角色

未来，在做好医生本职工作的同时，我还将继续在人才培养和科学研究上，充分发挥自己的特长，瞄准重点、持续发力。

我们团队将进一步加强师资建设，做好人才培养工作，尤其是毅文班的建设。

毅文班是培养临床医学专业拔尖创新人才的实验班，着力培养学生的临床思维、团队协作、医患沟通、自主创新等 N 种"高阶能力"，以实现学生六大核心素养的提高为目标。

毅文班的授课采用器官系统整合教学，共有十大课程体系。我们教研室负责泌尿生殖系统，我是这个系统课程建设的主要策划和执行人，团队包括来自基础医学院、马克思主义学院、卫生管理学院、药学院和第三临床学院等的 63 名教师。

此外，我还要继续深耕自己的科研领域。从研究生期间起，我就开始从事子宫内膜异位症的研究，目前已持续了近二十年。未来，我将深入研究炎症小体血管生成相关信号通路对内异症病灶血管生成的调控机制，试图从炎症反应血管生成的角度揭示内异症的发病机制，探讨以炎症血管生成相关信号通路为靶点治疗内异症的可能性，从源头阻止该病的发生发展，最终服务于临床，为保障妇幼生命健康贡献力量。

体会当医生的快乐

受访者：吴哲

采访者（执笔人）：梁凯涛

采访时间：2024 年 1 月

~ 吴哲教授 ~

  吴哲，中共党员，医学博士、主任医师、教授、硕士研究生导师，现任广州医科大学附属口腔医院修复科主任，兼任中华口腔医学会口腔修复专业委员会常务委员、口腔美学专业委员会常务委员等。主持国家自然科学基金项目 1 项、省部级项目多项，获得国家发明专利 2 项。曾到美国纽约州立大学牙医学院做访问学者 1 年。

  吴哲教授擅长牙体缺损的显微数字化修复，牙列缺损种植义齿修复，全程数字化前牙美学修复以及复杂的多学科咬合重建修复，全口牙齿缺失的生物功能性活动义齿修复。

累并快乐着，这是吴哲教授的日常。谈到工作，她的兴奋之情溢于言表——尽管她说当医生很辛苦，然而，当看到患者用上新义齿而绽放灿烂的笑容，当看到更多年轻人敢于创新而取得满意的成果，她说这一切都是值得的。

我是广医附属口腔医院的吴哲，有幸于广医开启高水平大学建设的2015年加入其中，跟随广医迈入"双一流"建设高校行列，我自己也与之共同成长，享受当医生的快乐，并且带动更多年轻人为修复口腔之美而奋斗。

参加工作21年后我从东北来到岭南

1994年，我从白求恩医科大学（现为吉林大学）本科毕业便留校工作，其后又在母校取得硕士、博士学位。

2015年来广医的时候，我已经在吉林大学口腔医院工作了21年，在原工作单位有许多认识多年的老师和同事，因此，我和先生当时做此决定，心情是比较忐忑的。毕竟要从东北到岭南这样一个新环境，而且，我在这里没有亲戚朋友，其实还是充满了挑战。

刚到广医工作的吴哲教授

　　一方面，乘着高水平大学建设和"双一流"建设的强劲东风，广医附属口腔医院打造了更优质的教学和科研平台；另一方面，医院的领导和同事对我们是非常包容的，在工作和生活等各方面都给予了很大的支持和帮助，让我们放开手脚来开展工作。

　　在这个适应过程中，记忆最为深刻的是2017年，基于数字化技术的开展，以新材料的应用为切入点，我带领团队逐渐梳理全流程数字化在牙体缺损冠修复中的应用。

　　目前，该技术已经常态化应用，引领和推动口腔修复科的基本操作流程走向规范化、标准化。6年来，利用全程数字化冠修复技术开展诊疗的例数已达2万余例。近3年，年均诊疗例数达6 000余例。

吴哲教授在准备授课资料

　　除此之外，我来到广医附属口腔医院后，还大力鼓励口腔修复科的年轻医护人员学习进修。我由于有出国访学的经历，深知这对个人成长大有裨益。

　　在学校高水平大学建设的支持下，科室的吕胡玲医生到得克萨斯理工大学访问学习 2 年，回来后她基于自己在国外的研究基础，确定了研究方向。2023 年，吕胡玲医生的项目"赖氨酸甲基转移酶 SETD7 通过 P53 信号通路调控 Gli1+ 细胞生物学行为及其在颅面骨稳态维持中的作用研究"，获得了国家自然科学基金青年科学基金的资助。

　　修复科团队形成了良好的科研氛围，科室又有多名年轻人申请到国内外攻读博士学位，人才队伍建设形成了加速度。

　　在学科与专科建设、人才队伍建设的良性循环中，修复科团队迎来了更好的发展机遇。

率先开展全程数字化修复　在国内打造广医特色

广州和广医的大环境有着开放和包容的特质，鼓励和支持我们去开展一些创新的项目。

我们率先在省内开展了显微修复、全程数字化精准治疗、生物功能性全口义齿修复等项目，更好地提升对患者的治疗效果和服务水平，从而打出广医特色、打响广医品牌。

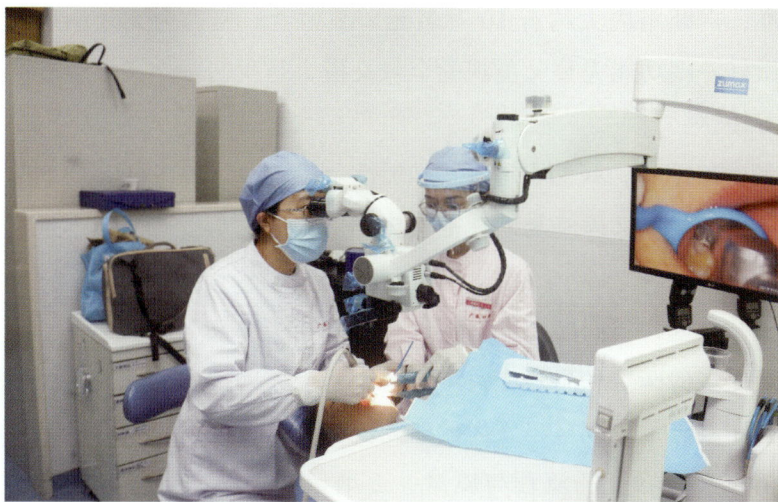

吴哲教授在运用显微数字化技术为患者进行口腔修复

数字化是口腔医学的大趋势，我们将数字化技术深度应用于口腔修复之中，改善患者口腔的美学缺陷并进行软硬组织的修复治疗。

2017 年，我们首先针对牙体缺损的牙冠进行修复，制定了数字化技术应用流程，然后通过互联网实现了与加工厂联动的远程设计制作。

这使整个流程更加简化，治疗更加精准化、精细化，显著提高修复体的制作效率、精密度和质量。同时，减少了患者的就诊时间和次数，减轻患者的痛苦。

后来，我们逐渐地把数字化的技术应用到口腔修复的其他治疗中，比如可摘局部义齿修复、全口义齿修复等。

第四次全国口腔健康流行病学调查显示，无牙颌患者的比例达 4.5%，广州市 60 岁以上常住人口为 213 万，按照此标准，广州市内大约有 10 万名无牙颌患者。努力为无牙颌患者做好一副功能完整又美观的全口义齿，是我们医生义不容辞的责任。

2018 年，我们引进生物功能性全口义齿，2019 年，我们的项目"全口义齿修复的规范化操作"获批广东省适宜技术推广项目。

至今，我们已在省内外进行理论和实操技术推广达 12 次，让更多的医生和患者受益。同时，基于该项技术的理念，我们有序改进了单颌全口义齿的修复流程，通过数字化技术，改善全口义齿修复的流程与质量，逐渐形成创新型全口义齿修复体系。

2023 年，广州市卫健委公布了广州地区临床高新和重大技术项目名单，我们科室的项目"创新型全口义齿修复技术体系建设与推广应用"榜上有名，成为广州地区此次获批的 50 个项目之一。

大美是内心的感动　体会当医生的快乐

事实上，实践和推广新技术并不是一件容易的事，因为这个过程中肯定会有人质疑。

但是，我不能因为有不同的声音就停步。

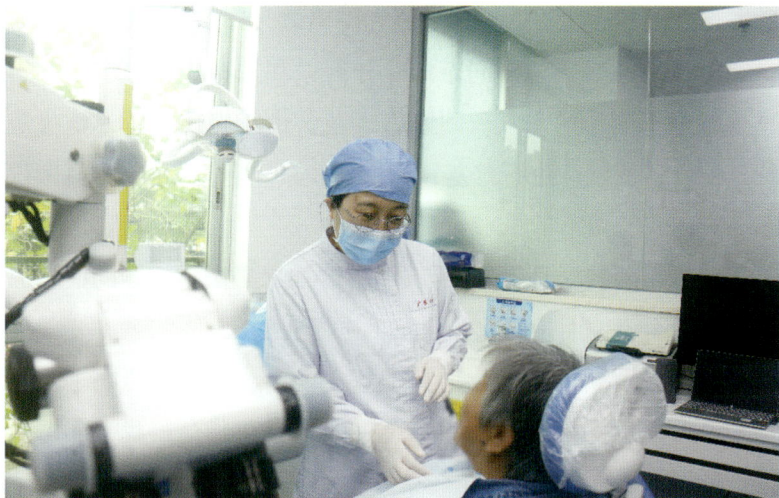

吴哲教授在耐心地与患者交流

一路走来，我感动于患者的信任和鼓励，正因为他们的支持和配合，我们的新技术才得以顺利落地，用实际的好效果来推动创新应用，从而树立品牌影响力和差异化优势。

我印象很深的一个病例是来自江门市的一名患者，他的牙齿已经重度磨耗，修复难度相当大。他与我交谈时讲的都是专业术语，说明他已经去过很多医院了，希望通过比较能选择最优的方案。

灵感来源于实践、思考和不断学习中，针对这名患者的情况，我首次将咬合平面分析仪结合数字化技术，应用到咬合重建修复中。经过长达一年三个月的修复治疗，这一创新性应用使患者获得了很好的治疗效果。

还有一个病例，让我很是感动。有位阿姨在外院做了全口的固定桥修复，修复后半年因为牙齿疼痛而来我院就诊。检查后发现牙冠的边缘不密合，牙龈红肿出血，口腔有异味。

经过沟通后，阿姨同意拆除牙冠，我选择应用数字化技术先为她做了简单的修复。阿姨告诉我，由于费用问题，她决定到其他诊所去继续进行修复，诊所医生一看，"这个临时冠做得那么好，我们做不了"。

后来，阿姨还是找到我，我说："如果是费用问题的话，那咱们不做全瓷，而是用数字化技术来做树脂冠。"

结果，阿姨说治疗效果特别好，鸡肉、鸭肉都能吃了。她每半年来复诊一次，每次来都会先拥抱我，还会给我带几棵她自己种的白菜。

其实，这就是当医生最暖心最快乐的一刻。

因此，这份工作尽管很累很忙，但是我每一次为患者解决难题，看见他们重新绽放笑容的时候，其实我会感到非常快乐、特别快乐。我特别享受当医生的这个过程。

因为我们的工作，患者不仅恢复了口腔的正常功能，而且变美变年轻了。

我经常会说：什么是美？大美就是内心的感动。

不要满足于现状　一定要去创新

党的二十大报告提出，"促进优质医疗资源扩容和区域均衡布局，坚持预防为主，加强重大慢性病健康管理，提高基层防病治病和健康管理能力"。

对于这一点，我的感触很深，口腔修复学科在未来还有很大的发展空间，能够帮助更多人改善生活质量。

一方面，培养和引领口腔修复团队推广新理念新技术，惠及更多基层的老百姓。

我经常跟科室的年轻人说：不要满足于现状，一定要去创新。创新的生态需要我们每一个人去努力创造，特别是年轻人。

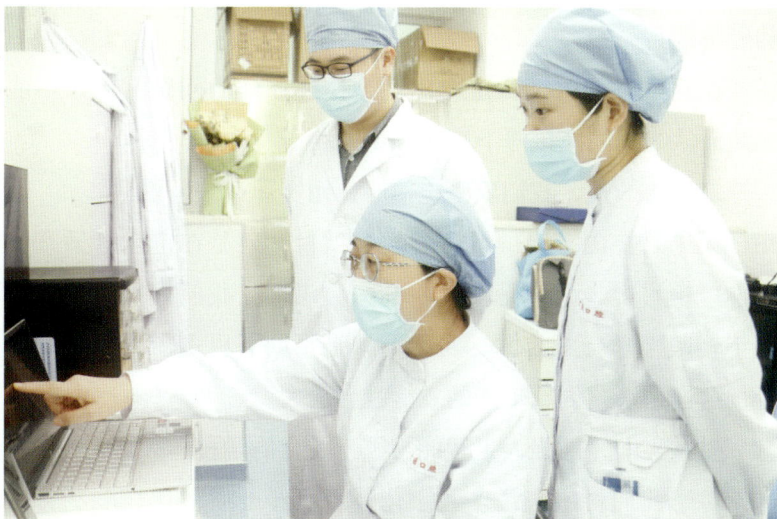

吴哲教授为年轻医护人员讲解技术要点

我们科室的年轻人是多样化的，有本院职工，有研究生，有规培医生，也有外院的进修医生。年轻人的创新意识强、接受能力强，我经常鼓励他们应用新理念新技术。

这就好比10年前的我根本不曾想过，今天的我会用显微镜和数字化技术来做口腔修复。一步一个脚印地创新，我们取得了实实在在的成果。

这是我个人与医院共同成长过程中的最切身感受。这意味着我们要接纳新理念新技术，并且脚踏实地应用到临床实践之中。

创新并不是否定传统，我们更多是在已有的根基上进行改善和拓展。在整个操作流程上，哪怕只做了一点点改变，都有机会提高工作的效果，使患者获得更优的服务，提升社会效益和经济效益。

在这个过程中，肯定会出现这样或那样的问题，但是不能因此而认为我们应该停下脚步和走老路子。

最重要的是，我们要坚定信心，用实际疗效来说话。

无论是在国家级继续医学教育项目，还是在广东省适宜技术推广项目中，又或是在某些学术会议上，我们帮助了基层医院年轻医生学会新技术，实际上就是帮助了更多需要帮助的患者，这样一来，创新带来的效能就会放大。

另一方面，加强人工智能与医工融合的学科建设。

对于我们科室来说，数字化技术已经开展得比较顺利，相对来说是比较成熟的。

然而，在人工智能大发展的背景下，口腔修复学科要从数字化走向数智化。数字化是数智化的前奏，数智化是数字化的未来。比如数字化 3D 扫描口腔、加工制造某些修复用的材料等，在将来都可以运用人工智能，实现更精准的治疗。这样一来，能够显著提高治疗效果和工作效率，降低经济成本和减少人力劳动，从而帮助更多老百姓以更低的价格享受更优质的服务。

当然，我不认为人工智能可以完全取代医护人员，毕竟医生和患者之间本身有着情感交流，只要能从身、心两方面为患者解除病痛，医生就一定还有存在的价值，依然可以享受这份职业带来的快乐。

与"象博士"一起开启科普之旅

受访者：郑荣辉

采访者（执笔人）：丁惜洁

采访时间：2024 年 2 月

~ 郑荣辉主任 ~

  郑荣辉，中共党员，医学博士，主任医师、博士生导师，现任广州医科大学附属肿瘤医院放疗大科副主任兼二区主任、广东省鼻咽癌防治科技教育基地常务副主任，诊治及研究方向为以鼻咽癌为首的头颈肿瘤综合治疗与放射治疗。

  郑荣辉主任从事临床实践 20 年，主持各级科技及教育项目 10 余项，在核心期刊发表论文 60 余篇。担任广东省健康科普联盟主任委员、广东省健康科普促进会头颈肿瘤防治分会主任委员、广东省医学会肿瘤学分会鼻咽癌学组组长、广东省科普讲师团成员、广州市医师协会放射肿瘤学分会主任委员、中国健康促进基金会头颈肿瘤专业委员会常务委员、中国抗癌协会肿瘤热疗专业委员会常务委员、广东省医师协会放射治疗分会常务委员等 10 余个学术职务，获科技部全国优秀科普视频奖、广东医学科技奖、"典赞·2023 科普中国"广东年度科普人物等 22 项国家、省、市级荣誉奖励。

在科普工作领域，他带领团队打造了独树一帜的"象博士"科普品牌，创作了 1 部防癌科普 H5 互动教程、2 部防癌科普动画片、2 款科普软件、2 款趣味玩具、4 部科普手册，取得软件著作权 2 项、专利 2 项、作品著作权 6 项，防癌科普成果 9 次在省级学术大会上做口头专题交流。在粤黔两省多地市举行了 40 余次现场科普讲座及咨询等活动，参与创作 277 篇次网络科普文章或报道，在肿瘤防治健康科普领域取得较大成绩。

我是郑荣辉，医生开展临床诊疗，服务的是有限的患者，而科普服务的对象是线上线下的普罗大众，科普是医生职业价值的一种升华，我希望自己能在有生之年为社会做更多有价值的事。

毕业同年　附属肿瘤医院加入广医大家庭

2006 年，我毕业来到广医工作，感觉非常幸运。当时，正是附属肿瘤医院并入广州医科大学（当时的广州医学院）的第一年，附属肿瘤医院由此正式成为广州医科大学附属医院，赶上发展的好时机。

当时的附属肿瘤医院位于麓湖公园风景区内，绿树环绕、风景宜人。与此同时，医院员工热情饱满的精神面貌也给我留下很深的印象。

附属肿瘤医院放疗科二区合影

近 10 年来，广医发展很快，我印象最深的有两件事。2013年，广州医学院更名为广州医科大学，开启了广医的新征程；2022 年，广医成为"双一流"建设高校，广医人不仅迈出了骄人的一步，也肩负着更加艰巨的使命，全国同行将会更加关注广医的发展。

随着广医不断向前迈进，附属肿瘤医院也稳步向前发展。新大楼建成并逐渐投入使用，医院面貌焕然一新。

近年来，我们放疗科也取得了一系列重点学科建设项目。依托广医的肿瘤学科、呼吸疾病全国重点实验室等平台，我们还获批了广东省科技创新普及项目等，开启了我们团队的肿瘤科普实践的新时期。

丰富多彩的放疗科　诊疗范围从头到脚全覆盖

放疗是一门很特别的学科，很多人将它误以为是放射科。

与使用 CT、X 光等的检查医技类科室不同，放疗科属于临床科室，主要用放射线进行肿瘤治疗，放疗与肿瘤手术、内科治疗组成了肿瘤学的三大学科体系。

放射治疗属于交叉学科，容易激发医生的职业兴趣。当时，我也是凭着浓厚的兴趣报考了中山大学肿瘤学的硕士研究生，并选择了放射治疗研究方向。我认为，放疗科不但涉及普通临床医生的工作，还涉及放射物理与计算机软件技术的知识，学科内容丰富多彩。

放疗涉及多个学科领域，发展空间很大，至今仍有许多值得探索的方向。比如，当光子束放疗达到非常成熟的境界时，悄悄到来的质子放疗技术则让放疗迈入一个更为前沿的阶段。

放疗科与各个部位的外科术科不同，其诊治疾病范围可能包括从头到脚的各类肿瘤。

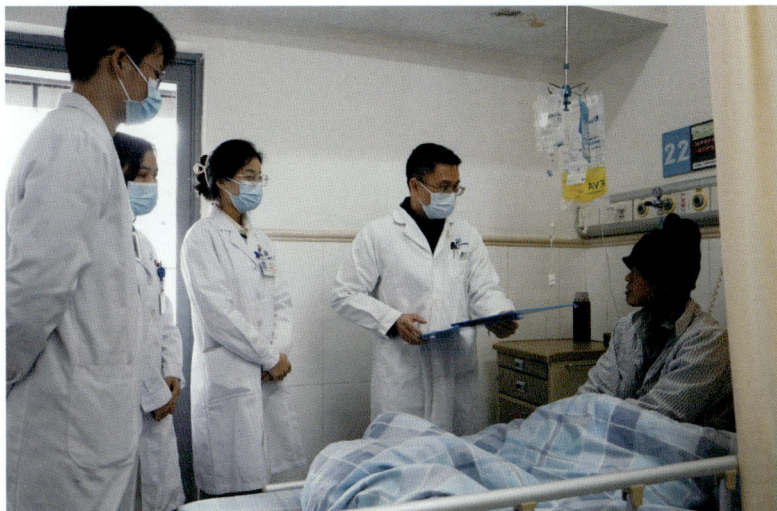

郑荣辉主任查房

大概 10 年前，我曾接诊过一位恶性淋巴瘤老年患者，全颈部、全腹部、腋窝淋巴结肿大，腹部淋巴结非常巨大，看起来无法治愈，放疗也很困难。经过完整化疗后，全身淋巴结消退效果很好，我们乘胜追击，分批次做了精密的放疗布野，分批给予了局部放疗。如今，这名患者依然生存得很好，没有出现肿瘤复发或转移的现象。

不忘"初心"　探索精神代代相传

在广医工作至今，我遇见了不少良师益友。

附属肿瘤医院放疗科负责人兼学科带头人袁亚维教授对知识追求无止境的高度、严谨的治学作风及顽强拼搏的精神深深影响着我。她会一字一句地帮忙细心修改学术论文，并当场与我们交流讲解修改思路，这对提升学术能力有非常大的帮助。她一直很关注并支持青年一代的发展，会向外争取更多的资源与项目，为年轻医生的发展提供更多的机遇。

郑荣辉主任办公室墙上的"初心"

　　我认为，环境对人的影响是很重要的，尤其作为一名医生，需要一个好的环境让自己保持激情。随着时间流逝，很多事情会渐渐淡忘，所以我会通过一些小物件激励自己，比如在工作疲惫的时候，看看墙上的字，能起到提醒的作用。我还订购了一批"初心"字画，准备在学生毕业时候送给他们，希望他们牢记医者的初心使命。

郑荣辉主任在实验室指导学生

　　在与学生相处的过程中，我希望能将师长们的医者仁心和对知识孜孜不倦的探索精神传承下去。

　　我有位硕士研究生学习认真刻苦，乐于钻研，在读研二时，他的回顾性临床研究论文就已经完成并获得高质量杂志的录用，当时他有些自满。我跟他说，"凭你的能力，完全可以往学术更高峰迈进"，于是我给他布置另外的科研任务作为研究生毕业课题。

新的压力激发了更大的动力，后来，他以"网状 META 分析"为毕业课题发表了较高水平的学术论文，为他赢得攻读博士学位的敲门砖。

癌症早预防、早发现、早治疗　打造接地气的科普大使"象博士"

2015 年起，我在工作之余开始做一些防癌健康科普传播。大家或许会问，作为临床医生，治病救人是主要任务，为什么要这么重视和热爱医疗科普工作呢？

实际上，早预防、早发现、早治疗是抗击癌症的最好办法，如果大众都不知晓相关健康科普常识，患者长期接触癌症危险因素也会不以为意，身体上已经出现癌症发病的表现却不知危险已经来临，这将导致癌症发病风险增加或病情延误。

郑荣辉主任与团队探讨病例

以鼻咽癌为例，我们的研究项目组统计发现，鼻咽癌患者从发现自己耳鸣、涕血、颈部肿物后到医院就诊的平均间隔时间为 4.7 个月，因而不少患者就诊时已至疾病晚期，治愈率显著降低。然而，如果鼻咽癌患者在发现自身不适的 1 个月内就到医院诊治，治愈率可高达 80%～90%。

2022 年，中共中央办公厅、国务院办公厅印发了《关于新时代进一步加强科学技术普及工作的意见》，将科普传播提升到了一个新的高度。最新的国家住院医师规范化培训纲要，也把对公众开展健康科普教育作为培养医生教学能力的组成部分。临床诊疗服务的是有限的患者，科普服务的对象是线上线下的普罗大众，科普是医生职业价值的一种升华。

我认为，科普工作与临床工作是相辅相成的。医生和患者交代病情、谈毒性反应及注意事项的过程，也是一种为患者做诊疗康复、健康科普的过程。学会了科普的语言与思维，可以提升医生与患者进行语言沟通的效果，构建良好的医患关系。

附属肿瘤医院陈冬平副院长也非常重视科普。他积极投入相关项目资金，大力支持我们出版科普专著等工作。2022 年，在申报广东医学科技奖时，他给予我们很多帮助和指导，如有活动需要他出席指导时，他再忙也会抽空准时出席。

郑荣辉主任介绍广东省鼻咽癌科技教育基地

　　2020 年，由我牵头申办的广东省鼻咽癌防治科技教育基地正式成立，陈冬平副院长担任主任，我担任常务副主任。这是广东首个以鼻咽癌防治科普为主题的肿瘤防治健康科技教育基地，也是省科技厅、省科协、省委宣传部、省教育厅联合发起的青少年科技教育项目。

　　基地由主题展厅、互动及游戏区、技能培训讲演区、放疗设备科普区、肿瘤生物科普区组成，并融入"科普 e 站"线上场馆系统与互动数字科普模型。

　　我始终坚信，肿瘤健康科普应该拥有自己的品牌形象，因此我们选择采用既显生动又富有时代气息的动画形象。"象博士"就是我们团队防癌科普传播的品牌，他也是防癌科普传播形象大使。

　　大象诚实稳重，代表医生朴实严谨的风格。大象还寓意长寿，采用"象博士"作为防癌品牌形象，也表达了我们肿瘤健康科普团队对人民大众健康长寿的美好祝福。

与此同时，大象的长鼻子与我们肿瘤中号称"广东瘤"的鼻咽癌相契合，代表广东发病率较高的地方癌种，希望更多的广东民众更多关注鼻咽癌。

我们以"象博士"为品牌 IP，创作了 4 本图文防癌健康科普手册及多款海报、1 部防癌科普 H5 互动教程（内含互动人体模型并嵌入《防癌 36 计》电子书）、2 部防癌科普动漫视频、2 款互动科普软件、2 款科普趣味玩具。

其中，动漫视频《癌的前世今生》获国家级科普奖 1 项、省级科普大赛一等奖 2 项，并入选全国优秀科普视频，同时在 2022 年 2 月"N 视频"机构号的短视频月榜中位列第 5 名，颇受欢迎。

郑荣辉主任前往多地开展科普活动

此外，我们在广东与贵州两省多地市举行了 40 余次现场科普讲座及咨询等活动，并结合文旅活动，探索健康科普游。参与创作 277 篇次网络科普文章或报道，在防癌科普传播领域产生了一定的社会影响与辐射力。

2024 年初，我们团队的项目"'象博士'防癌系列健康科普作品及科普传播成果"获评第五届广东医学科技奖医学科普奖，并在同类别获奖项目中取得评分第一的好成绩。

党的二十大报告指出，"促进优质医疗资源扩容和区域均衡布局，坚持预防为主，加强重大慢性病健康管理，提高基层防病治病和健康管理能力"。

未来，我们将继续推广防癌科学大使"象博士"的动漫形象，借助前期构建的广东省健康科普促进会科普平台与广东省青少年科技教育基地，在近期探索防癌健康科普在学校及县域医共体等传播的模式。

我们计划推进与肇庆市怀集县人民医院医共体总医院的深度合作，契合省级防癌筛查与科普项目，拟采用省城专家资源—县域医共体—当地政府三方联动模式，推进辖区全民健康科普的提升，并编撰健康科普传播相关指南，实现癌症的早预防、早发现、早治疗与科学治疗。